LES PETITS CHEFS D'ŒUVRE

MARCELLE ET SA MÈRE

par PAUL DE GARROS

25 c.
LE ROMAN COMPLET

Paul de GARROS

Marcelle et sa Mère

COLLECTION DES PETITS CHEFS-D'ŒUVRE

94, Avenue de la République, 94

PARIS

Marcelle et sa Mère

CHAPITRE PREMIER

Assis, maussade et nerveux, dans le coin de son compartiment — un compartiment de seconde classe : suprême déchéance ! — Robert de Vauxchamp se mit à relire, pour la vingtième fois, la lettre officielle qui l'avait rendu à la vie privée, huit jours auparavant :

REPUBLIQUE FRANÇAISE

MINISTÈRE DE L'INTÉRIEUR

Le Président de la République Française, sur la proposition de M. le Ministre de l'Intérieur.

« Décrète :

« M. Robert de Vauxchamp, sous-préfet de Rumigny (Ardennes-Occidentales) est révoqué de ses fonctions.

« M. le Ministre de l'Intérieur est chargé de l'exécution du présent décret. »

Et lorsqu'il eut achevé sa lecture, Robert, pour la vingtième fois, replia avec un mouvement de mauvaise humeur la malencontreuse lettre qui venait de bouleverser sa paisible existence.

Puis, pour la vingtième fois encore, il se demanda à quel motif il devait attribuer sa révocation.

Que lui reprochait-on ?... Il remplissait scrupuleusement ses fonctions, ne s'occupait pas des choses étrangères à l'administration, ne s'affichait jamais, se tenait soigneusement à l'écart des luttes politiques... Hum !... trop à l'écart, peut-être... Hé, oui, parbleu ! il n'y avait pas d'autre façon d'expliquer sa disgrâce. Son obstination à ne pas vouloir se jeter à corps perdu au milieu des mêlées électorales avait été prise pour de l'indifférence, pour de la froideur, voire même pour de l'hostilité... Et comme le gouvernement avait besoin d'agents plus zélés, on l'avait jeté brutalement sur le pavé, sans avoir égard aux services précédemment rendus.

Cette explication, à vrai dire, il n'eût tenu qu'à Vauxchamp de la recevoir immédiatement de la bouche même de son supérieur. Car, en lui transmettant le décret du Président, M. le préfet lui avait écrit :

« Mon cher ami, je suis désolé de ce qui vous arrive. Venez me voir tout de suite, et s'il est encore possible d'arranger les choses, vous pouvez compter sur moi. »

Mais la lecture de ce billet doucereux n'avait pas fait hésiter Robert une demi-seconde.

« Ah, non, par exemple, s'était-il écrié, je n'irai pas voir cet hypocrite, ce traître, qui a l'air de me plaindre, et qui m'offre son appui, alors qu'il est sûrement l'auteur de ma révocation. »

Et très dignement, il avait répondu en deux lignes que : « conformément au décret présidentiel qui le visait, il quitterait la sous-préfecture de Rumigny dans les huit jours. »

Cette formalité remplie, Vauxchamp se demanda ce qu'il allait devenir, à quelle occupation il consacrerait désormais sa vie.

Un intrigant, un combatif eût essayé à sa place de se faire donner par le gouvernement une compensation. Mais, outre que Robert n'était ni l'un ni l'autre, il était de plus trop fier pour s'abaisser au rôle de quémandeur.

Dès lors, une seule solution lui restait : se réfugier dans sa propriété de Vauxchamp, située dans le Berry, près de Saint-Hilaire-le-Mont, et tâcher de vivre des maigres revenus, de ce domaine. Là, du moins, à défaut d'une situation brillante, il aurait la liberté de ses actes. Ce fut à ce parti que s'arrêta Robert.

Il commença donc aussitôt ses préparatifs de départ, écrivit à son homme d'affaires pour lui annoncer son arrivée, et, sept jours après, quitta, sans beaucoup de regret, le siège de sa puissance évanouie.

En cours de route, cependant, la solitude et le désœuvrement aigrissant ses réflexions, Vauxchamp éprouva encore, ainsi que nous l'avons vu, quelques accès de mauvaise humeur. Mais il eut, en arrivant à Saint-Hilaire, une agréable surprise qui dissipa tout à fait ses idées noires et ses rancunes.

La première personne qu'il vit sur le quai au moment où le train stoppait, fut un de ses amis, Max de Mérandal, lequel en apercevant l'ex-sous-préfet, lui fit un geste d'amicale bienvenue, indiquant assez clairement qu'il se trouvait à la gare en toute connaissance de cause.

— Tu m'attendais ? demanda Robert d'un air profondément étonné.

— Parbleu.

— Mais, comment se fait-il... puisque je ne t'ai pas prévenu de mon retour ?

— Il se fait que j'ai rencontré hier le père Joseph, ton homme d'affaires, et qu'il m'a arrêté pour m'annoncer ton arrivée.

— Alors, tu sais ?...

— Je sais que tu viens t'installer à Vauxchamp, et je t'avoue que cette idée m'a semblé tellement bizarre que je n'en suis pas encore revenu.

Robert toussa un peu, poussa un soupir et ne répondit pas.

Le père Joseph, la casquette à la main, s'avançait pour saluer son maître.

— Ça va toujours bien, monsieur ?

— Merci, Joseph, et chez vous ?

— Heu !... comme ci, comme ça...

— Tenez, débarrassez-moi d'abord de ma couverture et de mon sac... Mais, dis-moi, Max, tu viens dîner avec moi à Vauxchamp : nous bavarderons tout à notre aise.

— J'irais volontiers, fit Mérandal, mais il me semble qu'aujourd'hui il est au contraire beaucoup plus simple que tu dînes à la maison. Du reste, il est convenu avec ma mère que je dois te retenir.

— Au fait, tu as peut-être raison, répondit Robert après une courte hésitation. J'accepte.

Et se tournant vers le vieux domestique qui attendait des ordres :

— Joseph, ajouta-t-il, vous allez retourner seul à Vauxchamp, en emportant quelques malles. Et vous reviendrez me chercher ce soir à dix heures chez Mme de Mérandal.

— Bien, monsieur.

Traversant rapidement la cour de la gare, Robert et Max s'engagèrent sur l'avenue qui conduit en ville.

— Voyons, reprit Max quand ils furent à l'abri des oreilles indiscrètes, raconte-moi vite ce qu'il vient de t'arriver pour que tu aies pris une aussi grave détermination.

Pour toute réponse, Robert tira de sa poche le pli ministériel et le tendit à son ami.

— Tiens, lis, dit-il.

Après avoir parcouru rapidement la lettre, Mérandal poursuivit en souriant :

— Tu es révoqué ! Bah ! La belle affaire, en vérité ! Tu n'es pas le premier à qui ça arrive. Moi, si j'étais à ta place, je serais ravi... Permets-moi donc de te faire tous mes compliments. Il y a longtemps, je t'assure que je désire te voir sorti de cette pétaudière.

— Il est facile de raisonner ainsi lorsqu'on a de quoi vivre.

— N'as-tu pas ta propriété dont les revenus te permettront...

— Tout juste de quoi vivoter avec beaucoup d'économie, acheva Robert.

— Ah, mon cher, la médiocrité avec la liberté vaut mieux que l'abondance dans l'esclavage. C'est la morale d'une fable de La Fontaine

— C'est aussi mon opinion en théorie, mais dans la pratique, il doit y avoir des passages pénibles.

— Peuh, on s'habitue à tout, va, même à manger des pommes de terre et à faire de l'agriculture... Tu ne te douterais jamais que je commence à y mordre, à l'agriculture !... Oui, mon ami, moi, l'ancien boulevardier... Tu verras, je te donnerai des leçons !

— Ah ! tu m'as l'air d'un fameux agriculteur avec tes gants jaunes et tes bottines vernies ! observa Robert.

— Hé, que diable ! répliqua Max, il n'est pas besoin de porter des sabots pour aimer les choses de la terre... D'ailleurs, tu me jugeras à l'œuvre, et je suis sûr que tu ne tarderas pas à m'imiter, car si tu ne t'occupes pas à quelque chose, tu mourras d'ennui dans cette affreuse province.

— On ne peut donc pas se créer quelques relations ?

— Ah, mon pauvre ami, tu ne connais pas le pays où tu viens t'enterrer ! Se créer des relations ! Se recevoir entre voisins ! A quoi penses-tu ? Il y a longtemps que les jalousies, les haines, la politique, les coteries ont étouffé toute sociabilité chez es gens qui auraient eu envie de fréquenter leurs semblables.

— Allons, je vois que tes idées sur la province n'ont pas changé. Tu la juges toujours en Parisien un peu exclusif...

— Bon ! Bon ! Je t'attends à l'essai. Tu me diras dans deux mois ce que tu en penses.

— Mais pourquoi restes-tu ici, si tu y trouves la vie insupportable ?...

— On est bien forcé d'accepter ce qu'on ne peut pas éviter.

Vauxchamp n'eut pas le temps de répondre : ils étaient arrivés et Max venait de pousser la porte de la cour, en s'effaçant pour laisser passer son ami.

L'hôtel de Mérandal, comme on disait encore à Saint-Hilaire, avait à cette époque des apparences plus que modestes. C'était un pavillon qui n'était autrefois qu'une dépendance de la vaste et somptueuse demeure de la famille. Par suite des révolutions, des revers de fortune, les Mérandal avaient été forcés de mutiler peu à peu leur domaine.

Néanmoins, cette modeste habitation avait encore une certaine allure grâce aux vieilles tapisseries et aux meubles anciens qui la décoraient.

Après avoir franchi le vestibule garni de hauts bahuts Louis XIII, les deux jeunes gens pénétrèrent dans le salon.

Mme de Mérandal se tenait presque toujours dans cette pièce où son métier à tapisserie était installé près de l'une des fenêtres donnant sur le jardin.

A ce moment, comme le jour baissait, elle avait quitté sa place habituelle et était venue s'asseoir devant la cheminée.

En retrouvant la pauvre femme plus affaissée, plus vieillie, les traits tirés, les cheveux presque blancs, Robert ne put se défendre d'un mouvement de surprise et d'émotion.

« Comme elle a changé ! » pensa-t-il.

C'est que les épreuves de toutes sortes avaient accablé la baronne de Mérandal, et ces épreuves pesaient sur sa tête plus lourdement encore que les années.

Veuve très jeune, elle avait subi d'abord mille difficultés pour défendre le patrimoine de la famille contre les fermiers peu scrupuleux et les hommes d'affaires retors. Cependant elle avait lutté avec énergie, dans l'espoir que son fils, qui faisait alors ses études, la dédommagerait bientôt de ses efforts.

Hélas ! Son illusion avait été rapidement dissipée. Max, au sortir du collège, où il avait été le condisciple de Vauxchamp, d'un an seulement plus âgé que lui, avait immédiatement pris son vol vers Paris. Et pendant que son ami, entré dans l'administration, suivait sagement son ennuyeuse carrière, le jeune baron se jetait à corps perdu dans toute les folies de la vie à grandes guides. Il avait ainsi dévoré en peu de temps les dernières bribes du patrimoine paternel. Après quoi, il était revenu se terrer à Saint-Hilaire, auprès de sa mère, laquelle, ayant conservé une toute petite fortune personnelle, avait pu lui offrir le vivre et le couvert, en attendant qu'il trouvât un mariage avantageux.

Mais tous ces tracas, tous ces déboires avaient usé la baronne avant l'âge et avaient laissé au fond de son cœur une sourde amertume.

En voyant entrer Robert de Vauxchamp, Mme de Mérandal essaya de sourire.

— Vous vouliez sans doute nous faire une surprise, cher monsieur, dit-elle, et il faut avouer que vous auriez réussi, car sans l'indiscrétion de votre domestique, vous auriez pu passer vingt fois sous nos fenêtres sans que nous songions à vous reconnaître.

— Mon Dieu, madame, dit Robert, je suis forcé de confesser que je n'ai pas cherché à vous faire la moindre surprise. La vérité est beaucoup plus simple : mon voyage a été décidé si rapidement, si inopinément que je n'ai pas pensé à prévenir mes plus intimes amis.

— Oh ! il a fallu un motif bien grave pour vous pousser à prendre une détermination si... imprévue ; car nous savons, toujours par la même indiscrétion, que vous avez l'intention de vous fixer à Saint-Hilaire.

Sans se presser de répondre à cette question indirecte, Robert demanda d'abord à Mme de Mérandal des nouvelles de sa santé, puis lorsque le thème des politesses banales eut été épuisé, il expliqua en quelques mots le motif de sa détermination.

La baronne parut fort étonnée en apprenant cette nouvelle, mais ne sachant au juste si elle devait plaindre ou féliciter le jeune homme, elle se contenta de quelques gestes de surprise et de quelques exclamations de vague condoléance.

Pour lui permettre de prendre position, Max intervint avec sa brusquerie habituelle :

— Croiriez-vous, maman, dit-il, que Robert semblait désespéré tout à l'heure en m'annonçant sa disgrâce ?... Comme s'il y avait lieu de se désoler pour un pareil incident !...

— Cela dépend, mon ami, objecta la vieille dame ; tout le monde n'a pas la même façon que toi d'envisager la vie.

Prévoyant une discussion entre la mère et le fils, Vauxchamp se hâta de commenter l'affaire de manière à les satisfaire tous les deux.

— Bref, conclut-il, ma vie désormais sera modeste, mais du moins elle sera indépendante.

— Vous auriez pu peut-être, objecta la baronne, chercher une autre situation soit à Paris, soit même à Saint-Hilaire.

Croyant voir dans cette phrase une allusion à sa propre inertie, Max ne put dissimuler un mouvement de mauvaise humeur. Quant à Robert, il répondit simplement :

— Il est possible, madame, que je suive un jour votre conseil. Mais pour le moment, je veux essayer de la vie de la campagne.

Mme de Mérandal inclina la tête en signe d'assentiment et parut s'égarer dans une rêverie lointaine. A ce moment, un domestique entra, apportant une lampe.

La baronne avait tenu à conserver cet ancien valet de chambre de son mari, dernier vestige de sa splendeur évanouie. Tour à tour valet de pied, cocher ou maître d'hôtel, le vieux domestique s'acquittait également bien de tous ces rôles, dans lesquels il apportait toujours une dignité, une prestance fort décoratives.

— Casimir, fit la baronne, sortant de sa méditation, vous direz à Mariette d'avancer le dîner d'une demi-heure, M. de Vauxchamp a déjeuné de grand matin...

— Mais, madame, je vous en prie, interrompit Robert, ne dérangez rien pour moi... Je n'aurais pas accepté votre invitation si j'avais prévu que cela pût changer vos habitudes.

— La belle affaire ! quand nous dînerions à cinq heures et demie au lieu de six heures comme c'est l'usage dans la famille depuis quelques générations ! Vous voyez que nous ne vous faisons pas un bien gros sacrifice.

— Je suis donc forcé de l'accepter ?...

— Absolument.

— Dis-moi, grand agriculteur, puisque tu veux me

faire partager ta passion pour les travaux des champs, j'espère que tu m'emmèneras bientôt visiter tes domaines.

— Le tour de mes domaines sera vite fait, répondit Max avec aigreur, je ne possède plus rien. Je travaille uniquement sur deux petites fermes qui appartiennent à ma mère...

— Oui, acheva la baronne, c'est tout ce qui nous reste. Mon fils n'a pas pu sauver du désastre la plus petite parcelle de terre. Il aurait bien voulu garder Maison-Rouge, il n'a pas eu cette safisfaction. Cette propriété, qui était depuis trois cents ans dans la famille, a été vendue comme les autres.

— Ah ! fit Robert avec une nuance d'embarras... Et qui donc l'a achetée ?...

— Peuh ! des gens de rien, dit Max avec ironie. Te rappelles-tu une certaine famille Lebaire qui habitait il y a quelques années le village de Brinon ?

— Il me semble que ce nom-là ne m'est pas inconnu.

— Cette famille se compose de trois personnes ; une vieille femme, la mère Lebaire, sa fille, Mme Burguet, âgée de trente-trois à trente-quatre ans et la fille de celle-ci, Mlle Marcelle, qui est à la tête de seize printemps.

« Or, cette Mme Burguet n'est pas veuve. Y a-t-il entre elle et son mari divorce, séparation judiciaire de corps et de biens ou séparation amiable ? Je ne saurais le dire au juste, car cette question ne m'intéressant guère, je n'ai pas cherché à la tirer au clair. Toujours est-il que sa situation doit être assez... équivoque, puisque, pour éviter de me la faire connaître, elle a préféré que la propriété soit achetée au nom de sa mère.

Vauxchamp se mit à rire.

— Voilà, s'écria-t-il, une suite d'inductions, de déductions, d'insinuations qui m'ont tout l'air de reposer uniquement sur des commérages de petite ville... Vraiment, mon cher ami, je ne te croyais pas capable de te laisser influencer par les potins...

— Enfin, mon cher, interrompit Mérandal d'un

ton nerveux, une femme qui, pour une raison ou pour une autre, vit séparée de son mari, ne vient pas, si elle sait se tenir, s'établir à deux pas d'une ville où son mari habite lui-même...

— Ah ! M. Burguet est fixé à Saint-Hilaire ?

— Oui, il est agent d'affaires.

— Il y a de ces sortes d'individus à Saint-Hilaire ?

— Il y en a partout, balbutia Max avec une nuance d'embarras.

— Evidemment, poursuivit Robert après une minute de silence, la façon d'agir de Mme Burguet est, dans ces conditions, un peu bizarre, et marque une intention de braver l'opinion que les gens sages ne sauraient approuver. Mais, de là à conclure que Mme Burguet n'est pas honorable, il y a loin.

Le jeune baron allait répliquer, lorsque Casimir, en rentrant pour annoncer que le dîner était servi, l'en empêcha. Et cette conversation ne fut pas reprise pendant le repas à cause de la présence du domestique.

Tous les trois, d'ailleurs, semblaient avoir à cœur maintenant d'éviter les sujets d'entretien pénibles pour faire assaut d'enjouement. Max, de sombre et préoccupé qu'il était tout à l'heure, se dérida complètement, retrouva son entrain, son esprit frondeur. Robert s'anima aussi peu à peu, parla avec enthousiasme de ses projets d'avenir et des jours heureux que sa liberté enfin reconquise allait lui permettre de couler. Et la baronne elle-même, entraînée par l'exemple, dissimula ses soucis pour montrer une aimable insouciance.

Bref, la soirée parut à tous trop courte et l'ex-sous-préfet fut tout désappointé lorsqu'on vint le prévenir que sa voiture l'attendait. Il fallut pour le consoler la perspective que ces réunions se renouvelleraient souvent.

II

Les Vauxchamp étaient de bonne noblesse.

De toutes les terres qui avaient constitué la fortune de ses ancêtres, Robert n'avait reçu en héritage qu'une seule ferme, celle de Vauxchamp que la tradition, les souvenirs de famille et aussi ses souvenirs personnels lui rendaient sacrée.

C'était là qu'il était né, qu'il avait passé sa jeunesse, et qu'une fois arrivé à l'âge d'homme, il avait connu les premiers tracas de la vie en partageant avec son père et sa mère les déboires, les tourments d'une situation fort embarrassée.

Robert songeait à tout cela pendant que sa vieille calèche, roulant péniblement sur une route défoncée, le berçait de ses cahotements.

Le lourd véhicule s'arrêta enfin. Le jeune homme, qui somnolait, ouvrit les yeux et aperçut une lanterne auprès de la portière. Il sauta à terre et reconnut la femme de Joseph, la vieille Jeanne. Celle-ci se confondit en salutations de bienvenue, puis pénétra dans le vestibule en précédant son maître pour éclairer son chemin.

Après avoir jeté un coup d'œil à la salle à manger et au salon, où les malles récemment arrivées étaient provisoirement entassées, Vauxchamp monta au premier, traversa la chambre de son père non sans un pénible serrement de cœur et gagna enfin la sienne, où un bon feu l'attendait.

La vieille Jeanne, qui connaissait les habitudes du jeune homme, avait, d'ailleurs, arrangé la pièce comme le faisait sa mère, jadis, lorsqu'il venait passer ses vacances au château. Il remercia la brave femme de sa délicate attention et celle-ci tout heureuse, se retira en souhaitant une bonne nuit à son maître.

Alors, Robert se laissa tomber sur un fauteuil près de la cheminée et, les pieds sur les chenêts, se mit à rêvasser.

Qu'allait-il devenir désormais, seul au monde, isolé au fond de cette campagne et sans occupation sérieuse, car les soins d'une ferme n'étaient pas suffisants pour absorber l'activité d'un homme de son âge ?...

Max avait raison : Il ne s'habituerait sans doute jamais à cette existence solitaire et presque désœuvrée, dont aucune affection familiale, aucune affection vraiment dévouée n'adoucirait les amertumes et les difficultés.

Après avoir médité longtemps sur cette pénible situation, Vauxchamp se coucha et finit par s'endormir sans avoir trouvé de remède aux maux dont il se sentait menacé.

Le lendemain, cependant, il s'éveilla sous une impression optimiste et la tête pleine de projets. Il prit aussitôt d'énergiques résolutions.

— Je vais, se dit-il, commencer mon installation par un acte d'autorité. Il faut qu'il n'y ait ici qu'un seul maître.

Lorsqu'il eut déjeuné, il fit donc appeler Joseph et lui expliqua que, n'étant plus sous-préfet, il venait habiter Vauxchamp avec l'intention de s'occuper seul de l'exploitation du domaine.

Joseph, qui se voyait ainsi passer du rôle d'homme de confiance à celui de domestique, fit la grimace. Il représenta à son maître qu'il allait se heurter à toutes sortes de difficultés, qu'il fallait être très au courant des affaires pour diriger une ferme...

Mais Robert l'interrompit et déclara que sa résolution était irrévocable. Alors, le vieux serviteur cessa de récriminer pour se confondre en protestations de dévouement.

Ce premier point réglé, Vauxchamp voulut faire la tournée du propriétaire et donner quelques ordres afin d'affirmer ses droits — acte plus méritoire qu'on ne le pense, car il n'est pas rare de voir des colons se croyant plus maîtres de la terre qu'ils cultivent que le possesseur lui-même.

Ces soins matériels parvinrent à distraire le jeune homme pendant quelques jours. Mais, au bout d'une semaine, il sentit de nouveau la solitude lui peser ; et comme il faisait, cette après-midi là, un temps suberbe, il se dit :

— Tiens, si j'allais voir Mmes Lebaire, mes voisines de Maison-Rouge ? Malgré le mal que m'en a dit Max, ou peut-être à cause de cela, je ne serais pas fâché de les connaître.

Après avoir fait un peu de toilette, il partit à pied, en suivant les chemins de traverse durcis par la gelée.

Les propriétaires de Maison-Rouge ayant toujours, depuis plusieurs siècles, résidé à Saint-Hilaire, il n'y avait pas autrefois de maison d'habitation. Un petit pavillon, en forme de chalet, avait seulement été élevé pour servir de demeure au garde de la chasse. Après s'être logées tant bien que mal dans ce pavillon, les dames Lebaire n'avaient pas tardé à l'englober dans une construction neuve et très vaste qui avait été aménagée avec tout le confort moderne.

Le château, comme on disait maintenant s'élevait au milieu d'un petit bois qui formait un véritable parc, entouré de murs par derrière et clos devant par une grille.

Robert se présenta à cette grille et demanda à la domestique qui accourut à son coup de sonnette, si Mme Lebaire pouvait le recevoir. La bonne répondit affirmativement et introduisit aussitôt le jeune homme dans le salon, une grande pièce, haute et gaie, ayant d'un côté son entrée principale sur le vestibule et communiquant, de l'autre, directement avec le jardin par une porte-fenêtre. Un feu clair flambait dans la cheminée : ce devait être le « jour » de ces dames.

Mme Lebaire, la mère, parut la première. Robert appris plus tard qu'elle se nommait Zéphirine. Si, à ce moment-là, il eût connu cette circonstance d'une ironie vraiment cruelle, il lui eût été difficile de considérer la brave femme sans éclater de rire, car on ne pouvait imaginer un embonpoint plus monstrueux, un amas de chairs plus ridicule et plus informe. Le visage seul était encore jeune et avait conservé des lignes régulières et délicates.

Vauxchamp se présenta lui-même, naturellement, et déclara qu'il avait considéré comme un devoir de venir, à peine installé, rendre visite à ses voisines.

La grosse dame remercia d'un sourire, puis la conversation s'engagea sur les thèmes ordinaires de banalité courante : elle eût bien vite langui sans doute si l'arrivée de Mme Burguet n'était venue fort à propos l'interrompre au bout de quelques minutes.

Mince, svelte, la taille cambrée dans une robe de drap gros vert, Mme Burguet s'avança avec une aisance pleine de distinction et fit au jeune homme un salut à la fois discret et avenant, à la correction duquel il n'y avait vraiment rien à reprendre.

Robert s'était incliné en enveloppant la jeune femme d'un regard admiratif et quelque peu étonné, tant le contraste entre la mère et la fille était déconcertant. Tout chez la première était grotesque ; tout chez la seconde était gracieux. L'attache du col était fine, la bouche mignonne, les yeux noirs, d'une extrême vivacité, les cheveux d'un blond cendré et vaporeux.

Satisfaite de l'impression qu'elle avait produite, Mme Henriette Burguet eut cependant une minute d'émotion qui l'empêcha d'intervenir utilement dans la conversation : celle-ci continua péniblement sur la pluie et le beau temps, les aléas de l'agriculture et les ennuis de la vie de la campagne.

Enfin, la jeune femme ayant recouvré son sang-froid, lança cette question insidieuse :

— Il est probable, monsieur, que, connaissant aussi bien les inconvénients qu'il y a à vivre à la campagne et à faire valoir ses terres, vous ne resterez pas longtemps à Vauxchamp ?

C'était une petite hypocrisie, doublée d'une pointe de méchanceté, car il était probable qu'elle connaissait parfaitement le motif qui ramenait Robert dans sa propriété et l'obligeait à s'y fixer.

— Au contraire, madame, répondit le jeune homme, mon désir est de vivre désormais à Vauxchamp. Ayant été révoqué, je me garderai bien de briguer une autre fonction administrative : je tiens à rester libre.

— Evidemment, fit Mme Lebaire, la liberté est le premier des biens. Mais tout n'est pas rose non plus dans le métier que vous entreprenez : la gelée, la grêle, les insectes détruisent les récoltes ; les paysans volent tout ce qu'ils peuvent attraper...

— Et les terres ne valent pas grand'chose dans cette région, insinua Henriette avec la gravité d'un vieil agriculteur. Je suis payée pour le savoir, moi qui ai déjà tant dépensé pour les améliorer.

— M. de Mérandal avait sans doute beaucoup négligé son domaine depuis quelques années ; il avait, d'ailleurs, si peu d'expérience en fait d'agriculture... Mais il est en train d'en acquérir, m'a-t-il dit... les fermes de sa mère l'occupent énormément...

— C'est vrai, M. de Mérandal est un de vos amis, minauda Mme Burguet.

— Un vieil ami même : nous avons fait nos études ensemble.

— Il n'est pas encore venu vous voir depuis votre installation à Vauxchamp ?...

— Pas encore, madame...

— D'ailleurs, on ne l'aperçoit jamais dans ces parages... Il évite avec soin, semble-t-il, de se montrer du côté de Maison-Rouge, comme s'il gardait une sourde amertume de n'en être plus propriétaire.

— Ce sentiment est assez naturel, murmura Robert.

— Bah ! répliqua la vieille dame, c'est un... accident qui se voit tous les jours : l'argent est fait pour rouler et les terres... pour changer de maître.

— Je regrette, ajouta Henriette, que M. de Mérandal ait accepté cet... accident de si mauvaise grâce... S'il n'avait pas affecté de nous tourner le dos, de nous traiter en ennemies, je me serais fait un plaisir de le laisser chasser sur Maison-Rouge, comme au temps où il en était possesseur... il aurait ainsi conservé l'illusion...

— Je crois, madame, interrompit Vauxchamp, que cette autorisation eût simplement blessé mon ami dans son amour-propre et j'avoue que je ne peux pas le désapprouver d'avoir évité cette petite blessure.

La conversation s'égarait... Il en résulta un instant le silence gênant.

Voulant opérer une retraite honorable, Robert cherchait, sans la trouver, une phrase de sortie, lorsque l'apparition de Mlle Marcelle Burguet fournit une diversion.

Non prévenue de la présence d'un étranger, la jeune fille était entrée par la porte vitrée donnant sur le jardin, un gros bouquet de chrysanthèmes dans les bras. Toute interdite en apercevant le visiteur, elle répondit gauchement à son salut et vint en rougissant chercher un refuge auprès de sa mère.

Le défilé des petites phrases banales recommença sur les agréments de la campagne, les fleurs d'hiver, les soins à donner aux jardins. Cinq minutes s'écoulèrent ainsi. Puis, Vauxchamp estimant qu'il pouvait traiter Mlle Marcelle en enfant et ne pas prolonger pour elle une visite qui avait déjà trop duré, se leva et prit congé des trois femmes, en exprimant le désir de voir quelques relations s'établir entre les deux propriétés voisines.

Et il rentra chez lui, enchanté de sa démarche.

Le soir, pendant qu'il dînait, solitaire, il se répétait encore tout bas :

— Vraiment, ces dames sont charmantes... je me demande ce qu'elles ont bien pu faire à Max pour qu'il m'ait parlé d'elles en aussi mauvais termes...

Quand il eut fini de dîner, Robert se leva de table, alluma une cigarette et se rendit dans la cuisine pour parler à son domestique.

Joseph achevait lui-même de souper et, son appétit étant satisfait, se trouvait à ce moment où un paysan qui a bon estomac est disposé aux propos aimables.

Lorsqu'il eut répondu aux questions que son maître lui posait, il resta une minute silencieux, ruminant son projet et tout à coup, l'œil émerillonné, demanda :

— Alors, comme ça, monsieur a rendu visite à Maison-Rouge aujourd'hui ?...

— Qu'en savez-vous, Joseph ?

— J'avais vu monsieur prendre cette direction... et

je pensais... Et puis, comme je revenais à la tombée de la nuit du champ du moulin, j'ai croisé la petite nièce de la cuisinière des dames Lebaire, qui m'a raconté qu'on vous avait vu là-bas cette après-midi.

— Les nouvelles se répandent vite dans ce pays, observa Robert en souriant. Eh bien, et après, mon brave Joseph, quel mal y a-t-il à ce que j'aie fait une visite aux dames Lebaire ?...

— Oh ! monsieur, il n'y a pas de mal... monsieur est libre et je n'ai pas dit ça pour faire une remontrance à monsieur...

— Voyons, voyons, entendons-nous bien, vous avez une arrière-pensée...

— Une arrière-pensée !... Dame, tout de même...

— Il faut me la dire, mon ami... Allons, parlez en toute franchise...

Le vieux paysan hésita un instant, réfléchit et enfin se décida.

— Vous allez peut-être trouver, balbutia-t-il, que je me mêle de ce qui ne me regarde pas.

— Pas du tout, mon bon Joseph. Vous êtes à Vauxchamp depuis trop longtemps pour que je ne vous considère pas comme faisant un peu partie de la famille.

— Ah ! pour ça, bien sûr, monsieur... je ne songe qu'à votre intérêt.

— Alors, expliquez-vous vite...

— Eh bien, à vous parler franchement, je pense, monsieur, que vous feriez bien de ne pas fréquenter ces dames de Maison-Rouge.

— Pourquoi donc ?

— Parce que... parce qu'elles n'ont pas une bonne réputation dans le pays.

— Voilà qui est bientôt dit, mon ami...

— Ecoutez, monsieur, moi, je ne suis qu'un paysan... je ne sais pas faire des discours et raconter les affaires comme le font les messieurs de la ville... Ce qui est certain, c'est que, si Mme Burguet était une femme comme... comme elle devrait être, elle vivrait avec son mari.

— Cependant, lorsqu'une union est mal assortie ou que l'un des conjoints est d'une indignité notoire, il vaut mieux se séparer que de provoquer du scandale.

— Dame, si c'est votre avis, monsieur... Mais, moi je trouve que c'est en agissant comme ils l'ont fait que ce monsieur et cette dame ont provoqué du scandale... Pensez donc que ce Burguet était déjà établi agent d'affaire à Saint-Hilaire lorsque sa femme est venue s'installer à Maison-Rouge... Ah ! de mon temps, du temps de votre père, monsieur Robert, on n'aurait jamais vu des choses pareilles... Il en faut du toupet pour...

— Voyons, mon brave Joseph, calmez-vous, interrompit Vauxchamp, les mœurs d'aujourd'hui sont, en effet, très différentes de celles de votre jeunesse, mais il ne faut pas conclure qu'elles sont beaucoup plus mauvaises.

Le vieux domestique secoua la tête d'un air incrédule.

— Ah bien, fit-il entre ses dents, ce n'est pas ce que dit M. le curé de Saint-Michel. Si vous l'entendiez déblatérer contre le dévergondage de notre époque !... Mais il en veut surtout aux dames Lebaire... Faut voir comme il les traite... Du reste, c'est lui qui a baptisé la maison... Une bonne idée, ma foi !...

— Pourtant, M. le curé de Saint-Michel, dont je connais le libéralisme et la haute philosophie, doit être envers tout le monde d'une très large indulgence.

— Ça ne l'empêche pas d'être juste... Il dit, comme ça, que Maison-Rouge a maintenant le maître qu'il lui fallait, car, depuis que Mme Burget l'habite, c'est bien réellement la maison du diable.

Vauxchamp éclata de rire.

— Très joli, en effet, répliqua-t-il. Mais je vois que le curé qui est un pince-sans-rire a voulu simplement jouer sur les mots.

Néanmoins, cette histoire lui trottant par la tête, Vauxchamp se décida quelques jours plus tard à aller voir M. Desnoyers, curé de Saint-Michel, sur la paroisse duquel se trouvait sa propriété. Cette visite de courtoisie était due, d'ailleurs, puisque Robert connaissait M. Desnoyers et désirait continuer avec lui les relations établies ; et elle était en même temps une démarche d'adroite diplomatie.

Heureux de se revoir, Robert et son curé furent, dès cette première visite, comme de vieux camarades. Ils parlèrent un peu de tout, de la chasse, de l'administration, de la politique, de la religion, et ils le firent avec cette largeur de vue, cette franchise courtoise, qui permet à deux adversaires irréductibles d'aborder les questions les plus irritantes sans qu'il en résulte la plus légère impression d'aigreur.

Bref, ils se séparèrent, enchantés d'avoir renoué connaissance et d'avoir trouvé, l'un et l'autre, un voisin avec qui il était possible d'échanger des idées intéressantes.

Mais, en rentrant chez lui, Vauxchamp constata qu'il n'avait pas osé ouvrir la bouche de Mme Henriette Burguet, dont il s'était proposé tout particulièrement d'entretenir l'abbé.

Cette constatation lui inspira quelque mauvaise humeur. Il s'en morigéna toute la soirée.

Et en se couchant, il se répétait encore tout bas :

« Ah ça, est-ce que j'aurais déjà peur de parler d'elle ?... »

III

Le lundi gras, Mme de Mérandal donnait un grand dîner qui réunissait toute l'aristocratie — et rien que l'aristocratie — de Saint-Hilaire. Par exception, cependant, quelques membres distingués ou influents du clergé étaient invités aussi, non pas parce que la maîtresse de céans était dévote, mais parce que c'était de bon ton...

Naturellement, Vauxchamp avait sa place marquée ce soir-là à l'hôtel de Mérandal. Lorsqu'arrivèrent les premiers jours de février, on ne manqua pas de lui rappeler la date des aristocratiques agapes et sa promesse d'y assister. Enfin, le matin même, pour plus de sûreté sans doute, Max vint chercher son ami et l'emmena déjeuner chez sa mère.

En route, ils s'entretinrent surtout du dîner qui promettait d'être particulièrement brillant et ils s'égayèrent aux dépens de quelques-uns des invités les plus ridicules. Puis, en arrivant, Max dit tout à coup :

— Es-tu retourné voir tes charmantes voisines, Mmes Lebaire, depuis... le jour où tu es revenu de chez elles si profondément enthousiasmé ?...

Robert, flairant un piège, regarda son ami avec défiance et... un peu d'embarras, d'ailleurs.

— Oui, murmura-t-il enfin, je suis allé déjà trois ou quatre fois à Maison-Rouge, et j'avoue que ma première impression se confirme.

Comme ils étaient sur le point d'entrer dans le salon, Max, craignant que sa mère ne s'y trouvât, se contenta de faire un geste d'impatience sans répondre. Puis, lorsqu'ils eurent pénétré dans la pièce, celle-ci étant vide, le jeune baron reprit :

— Tu es vraiment déconcertant avec tes dames Lebaire... Tu es le seul dans tout le pays à les juger favorablement...

— Mais, enfin, que leur reproche-t-on ?...

— Tout, parbleu !... On ne se met pas dans des situations pareilles.

— Tu es bon, par exemple !... Est-ce qu'on est maître des événements ?... La vie ne vous impose-t-elle pas souvent des épreuves... imméritées et qu'on voudrait bien éviter ?...

— Oh ! je crois que dans le cas qui nous occupe, la part de la fatalité est très restreinte. Mme Henriette Burguet aurait parfaitement pu rester avec son mari et... y serait sans doute restée, si elle n'avait pas eu quelque autre amour en tête...

— Tu affirmes là une chose que tu ne sais pas, répliqua Vauxchamp légèrement troublé.

— Que je ne sais pas !... Vraiment, c'est trop

drôle !... Mais, mon pauvre ami, tout le monde, dans le pays, est d'accord sur ce point.

— En voilà une raison : « Tout le monde, dans le pays, est d'accord... »

« Qu'est-ce que ça prouverait quand toutes les commères de la région se seraient acharnées avec une touchante unanimité après cette malheureuse ?... Au surplus, je m'étonne de trouver chez toi un tel puritanisme. Jadis, lorsque tu menais à Paris la grande vie, tu n'étais pas si sévère sur la vertu des femmes...

— Mes idées n'ont pas changé, balbutia le baron en souriant. Seulement, j'estime que certains principes, qui sont excellents à Paris, sont inapplicables en province...

Mme de Mérandal qui rentrait à ce moment, entendit la dernière phrase et comprit vaguement de quoi il s'agissait.

— Vous parliez, dit-elle, de Mme Burguet ?...

— Oui, Madame, répondit Robert, et Max me prêtait à son sujet les idées les plus baroques... comme si un homme ne pouvait pas entrer trois fois dans le salon d'une femme, sans être accusé d'avoir sur elle des projets matrimoniaux ou... autres.

— Vous savez que Max est assez porté à l'exagération.

— Au surplus, continua Vauxchamp, je me demande quels projets je pourrais former à l'égard de Mme Burguet... Elle est mariée, n'est-ce pas ?... Elle a même une fille de seize ans, ce qui l'oblige à avoir probablement, deux ou trois ans de plus que moi. Et en admettant que le divorce ait été prononcé entre elle et M. Burguet, ce que personne n'a pu me dire au juste, quoique ces choses-là soient faciles à savoir grâce à la publicité imposée par la loi, je ne consentirais jamais à l'épouser...

— Bravo ! fit la baronne qui crut voir dans cette déclaration une critique du divorce qu'elle détestait.

— Quant à préconiser une union d'un autre genre, ajouta Robert en souriant je n'en parlerai même pas, puisque c'est impossible en province...

Max allait répondre. Il en fut empêché par Casimir venant annoncer que le déjeuner était servi. Et lorsqu'ils furent à table, la conversation roula sur d'autres sujets. Le baron se permit de plaisanter le dîner du soir. Et à ce propos, Vauxchamp fit remarquer qu'il se trouverait dans une position assez fausse vis-à-vis de la plupart des invités, pour qui il n'était pas un inconnu, mais à qui il avait négligé jusqu'alors de rendre visite.

— Votre négligence, dit Mme de Mérandal, est d'autant plus coupable que vous avez à vous faire pardonner un gros crime, celui d'avoir été sous-préfet.

— Tant pis ! conclut Robert avec insouciance, on ne m'avalera pas pour ça... je me défendrai, d'ailleurs.

Le déjeuner achevé, ils retournèrent au salon, devisant du passé, de l'état de l'agriculture ou des potins de la ville. Les masques qui défilèrent sous leurs fenêtres durant l'après-midi leur offrirent aussi quelque distraction. Et à quatre heures et demie, Vauxchamp demanda la permission de rentrer chez lui pour s'habiller. Il en revint à sept heures, les invitations, par une dérogation aux habitudes de la baronne, ayant été faites pour sept heures et demie.

La comtesse du Bossage arriva la première accompagnée de son mari et de son fils Arthur, un grand garçon de vingt-quatre ans, qui essayait de prendre des airs de Parisien blasé parce qu'il passait chaque année deux mois à Paris, en avril et mai.

Mme du Bossage était méchante langue, mais comme elle était également très sensible à la flatterie, Robert eut soin de lui décocher quelques compliments qui la disposèrent tout de suite en sa faveur. Elle ne fit alors aucune difficulté pour « reconnaître » et traiter avec bienveillance « ce cher Monsieur de Vauxchamp » qu'elle avait connu tout enfant.

Quant au comte du Bossage, brave homme, très borné, mais nullement pointilleux, il avait, le premier, tendu la main à Robert avec beaucoup de bonne grâce.

Bientôt les autres invités arrivèrent, presque en même temps.

C'étaient le baron et la baronne de Sartigues, très riches propriétaires terriens des environs, qui, n'ayant pas d'enfants, ne vivaient que pour la chasse et tous les sports violents.

Puis, le vicomte et la vicomtesse Dufour, de noblesse récente, mais qui se faisaient pardonner leur qualité de nouveaux-venus par un profond mépris de la bourgeoisie et surtout par une fortune colossale.

Enfin, la marquise de Tarade, flanquée de sa fidèle amie, Mme de Saint-Servais. Cette dernière, grassouillette et sémillante petite personne qui s'habillait comme à vingt ans, bien qu'elle en eût cinquante-cinq, mais sur le visage de laquelle il était en effet difficile de mettre un âge, était un spécimen accompli du genre crampon.

Lorsque le clergé fut arrivé, représenté uniquement ce soir-là par l'abbé Desnoyers, curé de Saint-Michel, et Mgr Lachapelle, archiprêtre de Saint-Hilaire et prélat romain, Casimir vint annoncer magistralement que : « Mme la baronne était servie. »

On passa aussitôt dans la salle à manger.

L'archiprêtre, gros homme sans esprit ni distinction, et qui avait décroché à force d'intrigues l'excellente cure de Notre-Dame de Saint-Hilaire, occupait la place d'honneur auprès de la maîtresse de maison.

Son caractère et l'autorité qu'il exerçait dans le clan aristocratique augmentant encore sa fatuité naturelle, il jugea à propos de rompre, par une question de politique brûlante, le demi-silence qui marque généralement le début d'un grand dîner.

— Avez-vous lu l'*Hérédité* d'aujourd'hui, madame la marquise ? demanda-t-il en s'adressant à Mme de Tarade à travers la table.

Mme de Tarade était une fidèle abonnée de l'*Hérédité*, journal royaliste, clérical et mondain.

— Non, Monseigneur, répondit la marquise, vous savez bien que, lorsque j'ai auprès de moi Mme de Saint-Servais, je ne m'appartiens plus.

— Le grand malheur quand nous ne lirions pas religieusement tous les jours notre *Hérédité !* observa à demi voix Mme de Saint-Servais.

— Le numéro dont je parle est fort intéressant, reprit l'abbé. Hier, à la Chambre, notre député a fustigé avec une éloquence vengeresse tous les modérés, les timides, qui ont laissé voter l'article de la nouvelle loi militaire visant l'incorporation des séminaristes.

— Il paraît, ajouta M. de Sartigues, que sous les mordantes invectives de l'orateur, l'extrême-gauche, généralement si turbulente, n'a pas osé souffler mot.

— Il est vrai, fit M. du Bossage, que notre député avait beau jeu et qu'il lui était facile de trouver des accents indignés, car l'attitude des modérés dans cette affaire a été aussi odieuse que celle du gouvernement.

— Il est bien évident, dit Max avec beaucoup de calme, que la loi d'incorporation des séminaristes dans les rangs de l'armée est une loi de haine dirigée contre la religion catholique, mais cette loi, dans ses effets, ne me paraît ni injuste ni mauvaise. Puisque les dangers de l'heure présente nous obligent à être tous soldats, pourquoi les séminaristes dont la vocation souvent éveillée par des parents ambitieux dans l'unique but de s'assurer une retraite pour leur vieillesse, n'est presque jamais déterminée nettement au moment où nous passons par le régiment, pourquoi les séminaristes, dis-je, échapperaient-ils à l'obligation qui pèse sur tout le monde ?... L'égalité de *tous* devant *toutes* les lois, c'est le premier principe des sociétés modernes.

— Il est possible, répliqua l'abbé Lachapelle, que cette loi soit juste en elle-même par son principe égalitaire, mais vous reconnaîtrez, Monsieur le baron, qu'elle est extrêmement nuisible au recrutement du clergé.

— Je ne suis pas de votre avis, monsieur l'archiprêtre. La vie du troupier aguerrira, trempera ces jeunes âmes et leur donnera un aperçu du monde tel qu'il est.

— Alors, vous êtes républicain ? insinua d'un air

scandalisé le vicomte Dufour, qui était le petit-fils d'un membre de la Convention.

Max haussa les épaules imperceptiblement et fut tenté de ne pas répondre à une question aussi niaise.

— Certainement, reprit-il enfin, le principe républicain est le plus capable de sauvegarder la liberté, la dignité morale de l'homme.

— Pour un peu, observa Vauxchamp en riant, je me croirais en pleine période électorale.

Pour clore l'incident, Max mit sur le tapis un sujet moins irritant et qui correspondait mieux à la mentalité de la plupart des convives : les potins de la ville. Et, naturellement, Mme Burguet fut la première à passer sur la sellette. Mais, dès qu'il entendit prononcer son nom, l'abbé Desnoyers intervint et dit :

— Vous ne savez peut-être pas encore ce qui vient de lui arriver ?...

— Non, non... Quoi d'extraordinaire ?...

— Il vient tout bonnement de lui tomber sur la tête une de ces tuiles... comme nous voudrions tous en recevoir une ou deux dans notre existence... Le père Gerbet, autrefois marchand de fer à Saint-Hilaire, qui était allé fonder au Brésil une entreprise de navigation, est mort cette semaine à Marseille, après avoir institué Mme Henriette Lebaire légataire universelle de sa fortune, estimée à cinq millions.

— En voilà une qui a de la chance ! fit aigrement Mme de Saint-Servais.

— Elle était un peu la parente du défunt, ajouta l'abbé.

— C'est Burguet qui va enrager de n'être plus avec sa femme ! insinua en riant le baron de Sartigues.

— Oh ! il trouvera bien le moyen de prendre sa part du gâteau, siffla le vicomte Dufour.

Robert désorienté par cette révélation ne soufflait mot. Et Max lui-même ébloui, stupéfait, avait gardé le silence pendant un instant. Qand il eut recouvré son sang froid, il se tourna vers l'abbé Desnoyers et demanda avec une gravité inaccoutumée :

— Etes-vous bien sûr de tout cela, Monsieur le

curé ?... Les oncles d'Amérique ont si souvent fait parler d'eux sans avoir existé autrement que dans l'imagination des intéressés !...

— Absolument sûr. J'étais hier chez maître Leborgne, lorsque Mme Burguet est venue pour s'entendre avec lui au sujet de la liquidation. Et M. Leborgne, en me reconduisant a eu l'indiscrétion de me glisser deux mots de l'affaire.

— Ah !... Mais, savez-vous que c'est une joli somme, cinq millions !... Il y a de quoi transformer d'abord Maison-Rouge et de faire de cette bicoque un vrai château qui deviendra le rendez-vous de toutes les petites bourgeoises de Saint-Hilaire... car les gens comme il faut ne pourront pas plus qu'avant frayer avec ces femmes-là.

— Qui sait ?... L'argent efface bien des taches ! roucoula Mme de Saint-Servais.

— Ce qu'il y a de certain, observa M. du Bossage en regardant son fils, c'est que Mlle Marcelle est maintenant une des plus riches héritières du pays.

Tour à tour, chacun voulut dire son mot, et la conversation roula jusqu'à la fin du dîner sur ce thème inépuisable.

Cependant, Max rêveur s'associait distraitement à ce qui se disait autour de lui et Robert, sans pouvoir se défendre d'une certaine nervosité, essayait également de s'isoler en causant philosophie avec le curé de Saint-Michel.

Après le café, Mérandal s'approcha de son ami.

— Tu as eu tort de t'emporter, murmura-t-il, te voilà perdu dans l'esprit de la plupart de nos invités.

— Je pourrais t'en dire autant... Si tu crois que tes théories n'ont pas scandalisé tout le monde...

— Tant pis !... J'étais exaspéré...

— Moi aussi, parbleu...

— Enfin, peu importe !... Dis donc et cette succession, en voilà une surprise !... Je pense que tu va trouver maintenant tes voisines d'autant plus charmantes...

— Je crois au contraire, que je ne retournerai plus à Maison-Rouge.

— Allons donc !... Ce serait trop bête, vraiment... Du reste, nous reparlerons de tout cela un de ces jours... J'ai une idée que je veux te soumettre... Tiens, j'irai dîner avec toi dimanche, si ça te convient.

— Parfaitement... Convenu pour dimanche... En attendant, je vais m'éclipser à l'anglaise... Je t'avoue que j'en ai assez.

IV

... Le dimanche soir, en attendant Max, Vauxchamp se promenait au bord de la Moulière, évoquant tous ces souvenirs d'enfance qui restent si chers au cœur de l'homme fait.

La température était douce, et tandis que la nuit tombait, des feux de paille s'allumaient çà et là dans la plaine et sur les collines, perpétuant cette pratique traditionnelle des *brandons*, qui nous vient des ancêtres et que la civilisation aura bientôt fait disparaître.

Robert regardait, avec un plaisir mêlé de tristesse, ces lueurs blafardes trouant l'ombre, qui semblaient jeter un dernier adieu à la poésie des vieilles coutumes, lorsqu'il entendit la voix insouciante de Mérandal résonner derrière lui.

— Enfin, dans quelle méditation es-tu donc plongé, pour ne rien entendre ?...

— Tu veux le savoir ?... répliqua Vauxchamp, eh bien je songe à la confidence que tu dois me faire... et qui m'intrigue fort...

— Ah ! ah !... Je vais en ce cas satisfaire ta curiosité tout de suite... Ma communication peut se résumer en deux mots : je désire tout simplement être reçu à Maison-Rouge.

— Je ne trouve pas que ton désir soit si simple que cela, répondit Robert après une seconde de réflexion. Tu as paru jusqu'ici mépriser la société de ces dames...

Comment expliqueras-tu ce changement de front ?...

— Je ne tiens pas à l'expliquer... Je tiens seulement à réaliser mon projet... Vois-tu, j'en ai assez de tourner éternellement dans ce cercle de vieilles gens aux idées étroites et démodées, qui sont l'unique société de ma mère.

Après avoir écouté ce petit discours très tranquillement, mais non sans un sourire de discrète ironie, Vauxchamp reprit :

— Je suis charmé, mon ami, de te voir dans de telles dispositions. Seulement, il me semble que le moment est bien mal choisi pour aller faire une première visite à Mme Burguet.

— Au contraire, nous avons reçu un faire-part de la mort de M. Gerbet. C'est un excellent prétexte pour me permettre de présenter en personne mes condoléances.

— Ma foi, je n'en ai pas cherché si long, j'ai tout bonnement envoyé ma carte.

— Ho ! fit Max désappointé. Moi, qui comptais profiter de cette occasion pour t'accompagner !...

— M'accompagner !... Est-ce que tu n'es pas assez grand pour faire une visite tout seul ?... D'ailleurs, tu connais ces dames, tu as été en rapport avec elles au moment de la vente de ta propriété.

— C'est justement parce que j'ai été en relations d'affaires avec Mme Burguet que j'eusse désiré ton appui... moral pour entrer en relations d'amitié...

— Enfin, quel est ton plan ? Où veux-tu en venir ? interrompit Robert avec quelque impatience.

— Je te l'ai dit : étendre mes relations, ne pas rester confiné entre Mme du Bossage et Mme de Tarade.

— Non, non, je ne veux pas me prêter à ce jeu-là, continua Vauxchamp en suivant sa pensée. Maintenant surtout, après cette succession colossale qui change complètement les conditions d'existence de ces trois femmes, on imaginerait un tas de choses saugrenues sur mon compte et sur... le tien.

— Je croyais que tu méprisais les cancans.

— Sans doute, je les méprise, mais je ne vais pas,

pour le seul plaisir de m'y exposer, commettre une folie.

Tout en discutant, les deux jeunes gens étaient entrés dans la salle à manger où le dîner les attendait. Et la conversation malgré l'apparente répugnance de Robert continua à rouler de plus belle sur Maison-Rouge et ses habitantes.

Au fond, sans qu'il osât se l'avouer, Vauxchamp s'intéressait de plus en plus vivement à Mme Burguet, et, quoique la nouvelle position de celle-ci lui imposât de se montrer désormais très réservé à son égard, il n'était pas fâché de s'occuper d'elle au moins de loin.

Max, qui devinait ces secrètes dispositions chez son ami, sut en profiter et manœuvrer avec tant d'habileté, qu'il finit par faire promettre à Robert de l'accompagner chez ses voisines.

Après ce succès inespéré, il repartit tout joyeux pour Saint-Hilaire.

Et le mercredi suivant, par un soleil superbe qui donnait l'illusion du printemps, les deux jeunes gens, ayant déjeuné ensemble à Vauxchamp, s'acheminèrent vers Maison-Rouge.

En arrivant auprès du petit parc, ils croisèrent Me Leborgne, le notaire.

— Tous mes compliments, mon cher maître, lui cria familièrement Mérandal, il me semble que vous venez de mettre la main sur une excellente affaire, et j'espère que vous allez faire durer cette liquidation un certain nombre d'années.

— Toujours de mauvaises idées, monsieur le baron ! fit le notaire en riant... c'est-à-dire qu'avec la meilleure volonté du monde, je ne saurais marcher bien vite : il y a tant de choses embrouillées dans cette succession...

— Sans doute, sans doute, reprit Max railleur, c'est la formule habituelle.

Me Leborgne eut un sourire discret et salua courtoisement, en fouettant son cheval pour n'avoir pas à répondre.

— Tu es en relations avec ce notaire ? demanda Vauxchamp ?

— Un peu... relations d'affaires simplement... c'est un homme très habile.

Robert n'insista pas : ils étaient devant la grille du château.

Mme Henriette Burguet était encore au salon où elle était descendue pour s'entretenir avec le notaire.

En voyant entrer les deux jeunes gens, elle se leva, l'air grave, mais avec une expression de physionomie très avenante. Elle ne paraissait nullement surprise de voir chez elle le baron de Mérandal, comme si elle eût déjà prévu que sa fortune allait changer en amitiés dévouées les hostilités antérieures les plus déclarées.

Sans rien laisser deviner du juste sentiment de mépris que ce revirement subit aurait pu lui inspirer, elle se montra, au contraire, pleine d'affabilité pour Max, et lui demanda gracieusement des nouvelles de la santé de Mme de Mérandal, qu'elle avait eu le plaisir, dit-elle, de rencontrer deux ou trois fois un an auparavant.

Le baron, un peu confus d'abord de cet accueil, se remit vite et déploya toutes les ressources de sa science du monde, pour donner à sa visite inattendue quelque apparence de vraisemblance. Il expliqua qu'il désirait depuis longtemps se présenter chez ces dames et qu'il avait profité, pour réaliser ce projet, de l'occasion qui s'était offerte d'apporter lui-même ses compliments de condoléance.

Vauxchamp ajouta quelques mots pour indiquer qu'il était là dans le même but. Et la jeune femme les remercia tous les deux d'un sourire charmant. Puis, après un court silence, elle balbutia :

— Mon oncle était encore si jeune que nous étions loin de nous attendre à ce brusque dénouement... Sa mort a été pour moi un coup bien cruel...

Elle disait : mon oncle, quoique ce fût à peine un cousin au dix-huitième degré.

— M. Gerbet rentrait sans doute en France avec l'intention de s'y fixer ? interrogea Robert.

— C'était du moins ce que nous lui demandions ; je ne sais s'il s'y serait décidé tout de suite. En tous cas, il venait à Maison-Rouge pour y passer quelques mois, car il avait besoin de faire un long séjour ici afin de surveiller ses affaires.

Pendant une demi-heure, Mérandal déploya toutes les ressources de séduction dont il était capable, et non sans succès, car il était visible que ses interlocutrices étaient sous le charme.

Enfin, en se levant pour prendre congé, il laissa entendre qu'il aurait grand plaisir à se joindre le plus souvent possible à son ami de Vauxchamp lorsqu'il viendrait à Maison-Rouge. Comme il ne pouvait pas faire entrer sa mère en ligne de compte et dire que la baronne serait, à son tour, enchantée de recevoir ces dames, celles-ci eurent le bon esprit de se montrer satisfaites de la promesse du jeune homme.

Lorsqu'ils furent seuls sur le chemin de Vauxchamp, Robert demanda à son compagnon :

— Eh bien, que sont devenues maintenant tes idées préconçues sur ces trois femmes ?...

— Pardon, je n'ai jamais eu d'idées préconçues, je péchais simplement par ignorance ; je ne les connaissais pas...

— Alors, aujourd'hui, tu es de mon avis ?... Tu trouves Mme Burguet charmante.

— Et Mlle Marcelle plus charmante encore...

— Oh ! Oh ! déjà !...

— Ce n'est évidemment qu'une grande fillette, mais, dans un an d'ici, tu verras...

— Aussi, je te prie de croire que les prétendants ne vont pas lui manquer.

— En tous cas, sa mère ne la marierait pas à dix-sept ans ?...

— Tu m'en demandes trop long, fit Robert en souriant, Mme Burguet ne m'a jamais confié ses intentions au sujet de sa fille. Notre intimité ne va pas jusque-là, quoi que tu en dises. Et d'autre part, tout vieux garçon que je sois, on ne me juge peut-être pas encore assez âgé pour recevoir de semblables confidences.

Mérandal regarda son ami d'un air anxieux. Après une minute de silence, il poursuivit, cependant, en affectant une belle insouciance :

— Vraiment, je ne le plains pas celui qui aura la veine de mettre la main sur cette jolie fille...

— ... Et sur le magot qui se trouve dans cette main-là, acheva son interlocuteur.

— Sans doute, sans doute... L'argent, par le temps qui court, n'est pas à dédaigner.

— C'est ce que je voulais dire, conclut Vauxchamp en souriant.

Comme ils étaient arrivés à la bifurcation de la route de Saint-Hilaire, Max reprit :

— Je vais suivre ce chemin-là, et rentrer directement... Ça m'évitera un détour.

Et ils se séparèrent en se disant : « Au revoir », presque froidement.

CHAPITRE V

Mme Henriette Burguet, dès le premier jour où elle avait vu Robert de Vauxchamp, avait ressenti pour lui une vive sympathie.

Avait-elle deviné les sentiments qu'elle avait fait naître dans le cœur du jeune homme ? Et s'était-il établi entre eux un courant de ce fluide magnétique qu'on appelle, dans le cas qui nous occupe, le coup de foudre ?...

Non, car l'âme de la jeune femme, après les cruelles déceptions qui l'avaient meurtrie et fermée, ne pouvait pas s'ouvrir facilement à l'amour. La sympathie qu'elle éprouvait était plutôt un mélange de confiance, de solidarité amicale, de reconnaissance.

Une certaine similitude de situations les rapprochait, en effet : ils étaient tous les deux, chacun dans leur sphère et pour des raisons différentes, il est vrai, en butte à l'hostilité de leurs semblables.

Or, Vauxchamp, soit crânerie, soit besoin de se trouver en contact avec un être souffrant comme lui, avait osé le premier ne tenir aucun compte des ineptes racontars dont le monde avait pris prétexte pour faire le vide autour d'elle. Et de cette démarche, elle avait été à la fois reconnaissante et fière.

Alors, avec la rapidité d'évolution des êtres faibles que la moindre piqûre d'amour-propre abat, mais que la plus petite consolation relève, elle s'était attachée à ce sauveur inespéré, rêvant de s'en faire un ami, un ami dévoué.

Leurs relations avaient continué ainsi, chaque semaine plus intimes et plus familières. Et peu à peu, la douceur, la largeur d'esprit, l'égalité d'humeur de Robert, tout en accentuant la sympathie d'Henriette, lui avait inspiré des regrets amers en même temps que de vagues aspirations vers un autre idéal.

« Ah ! pourquoi cet homme-là ne s'était-il pas trouvé sur son chemin, dix-huit ans auparavant, au lieu de ce Burguet qui avait empoisonné sa vie ?... Quelle folie !... Ils étaient presque du même âge, et dix-huit ans auparavant, tandis qu'elle était déjà une femme, Vauxchamp n'était qu'un enfant... oui, un enfant.. On n'a jamais vu un jeune homme de seize ans épouser une jeune fille de dix-sept... Sans doute, mais n'est-il pas tout à fait normal qu'un homme de trente-quatre ans épouse une femme de trente-cinq ?... »

« Hélas ! Non... Une union de ce genre ne peut guère se réaliser que lorsque cette femme est riche et non quand elle a trois mille francs de rente et... une fille de dix-sept ans. »

Le rêve d'Henriette se dissipait donc, dès qu'elle réfléchissait, mais... pour reparaître ensuite plus tenace, plus absorbant.

Jusqu'à la mort de M. Gerbet, Vauxchamp avait de plus en plus rapproché ses visites, en se rendant bien compte, d'ailleurs, qu'il y trouvait toujours plus d'agrément et que Mme Burguet l'accueillait avec une faveur de plus en plus marquée.

Mais, lorsqu'Henriette eut hérité de cinq millions, il interrompit brusquement ses promenades à Maison-Rouge, jugeant que sa dignité lui faisait un devoir de montrer une extrême réserve.

Nous avons vu qu'il avait poussé la discrétion jusqu'à écrire pour exprimer ses condoléances, et qu'il n'avait consenti qu'à contre-cœur à accompagner Mérandal chez ses voisines.

Cependant, au bout de quelques jours d'abstention, l'isolement lui pesa, le souvenir des heures charmantes passées là-bas l'obséda, il se dit que ses scrupules étaient probablement exagérés, et comme Max, pour des raisons mystérieuses, ne venait pas le relancer et l'entraîner vers Maison-Rouge, il se décida à y aller tout seul.

Et les visites recommencèrent, d'autant plus fréquentes qu'Henriette faisait tous ses efforts pour les rendre agréables.

... Après une série d'apparitions timides, le printemps était en plein épanouissement. Le large chemin gazonné qui reliait Maison-Rouge et Vauxchamp était maintenant bordé d'aubépines en fleurs. Robert le suivait de plus en plus souvent, d'un pas plus alerte, d'un cœur plus ému. Henriette était pour lui si avenante, si gracieuse !...

Ce jour-là, en arrivant à Maison-Rouge, vers deux heures comme d'habitude, il se dirigea aussitôt, en familier de la maison, sur un magnifique cèdre, à l'ombre duquel on faisait salon depuis quelques jours. Il y trouva la jeune femme seule qui lisait, allongée à demi dans un grand fauteuil d'osier, l'air très las.

— Vous paraissez souffrante ? demanda-t-il, après lui avoir respectueusement baisé la main.

— Non, répondit-elle négligemment, je suis simplement fatiguée... Ces ouvriers sont insupportables et je me donne un mal...

— Pourquoi ne laissez-vous pas faire votre architecte, qui connaît vos goûts, qui sait ce que vous désirez ?...

— Je préfère tout diriger moi-même, je suis plus sûre qu'on exécute mes volontés.

Depuis quelques semaines, en effet, Maison-Rouge était livré aux maçons, aux peintres, aux jardiniers. Mme Burguet, ayant touché de petites sommes en dépit des difficultés de la liquidation que Me Leborgne mettait toujours en avant, avait commencé immédiatement les travaux de transformation et d'embellissement de son château. Et, en la voyant déployer tant d'activité pour mener à bien cette entreprise, on ne se fût jamais douté qu'elle s'imposait cette peine moins pour satisfaire ses fantaisies que pour montrer à ses voisins, et particulièrement à Robert, ce qu'on pouvait faire avec de l'argent.

Après un court silence, pendant lequel la jeune femme demeura les yeux fermés comme pour se reposer, Vauxchamp reprit :

— Si je vous dérange, je me retire...

— Non, non, restez, interrompit-elle vivement, votre présence me fait du bien... Puis, j'ai besoin de vous parler très sérieusement : mieux vaut aujourd'hui que... plus tard.

Le jeune homme eut un petit frisson d'inquiétude et ne répondit pas.

Après quelques secondes de recueillement, Henriette poursuivit :

— Vous devez bien penser que vos visites fréquentes à Maison-Rouge font beaucoup jaser dans le pays et sont l'objet de commentaires malveillants ou... ridicules...

— Il est possible, fit Robert avec un soupir, que mon assiduité ici donne prétexte à des commérages, mais cela ne vaut pas la peine qu'on y prenne garde...

— Sans doute, un homme ne risque rien à braver l'opinion publique, mais une femme, sur quoi la malignité des mauvaises langues s'est déjà exercée, ne peut pas se permettre une semblable désinvolture.

— Quand on a sa conscience pour soi, Madame,

on poursuit tranquillement son chemin sans s'occuper des mauvaises langues.

La jeune femme regarda Vauxchamp avec inquiétude.

« Etait-il sincère en parlant ainsi ? Ou bien, son observation renfermait-elle une interrogation indirecte ? »

Jugeant, dans tous les cas, inutile de préciser, elle répondit d'une manière vague :

— Coupable ou non, on n'en est pas moins la victime des envieux et des méchants. Quant à moi, je crois que le seul moyen d'échapper à la calomnie, c'est... de ne jamais y donner prise. Et pour cela, il faudrait peut-être ne plus nous revoir...

Elle s'arrêta anxieuse, comme si elle se fût attendue à lui entendre crier dans un élan passionné :

— « Non, non, je ne consentirai jamais, Henriette, à vivre sans vous, loin de vous. »

Mais il se contenta de faire un geste d'ennui et demeura silencieux.

Après une minute d'attente vaine, la jeune femme répéta nerveuse :

— N'êtes-vous pas de mon avis ?...

— Peuh ! fit-il, je ne pense pas que pour obtenir l'approbation de quelques pimbêches haineuses et cancanières, nous soyons obligés de renoncer à nos bonnes causeries.

— Il est parfois pénible d'être raisonnable...

— Mais enfin, interrompit Robert, avec amertume: si vous me fermez votre porte, pourquoi n'agissez-vous pas de même à l'égard de Mérandal ? Il n'y a qu'une voix dans le pays pour blâmer ses assiduités auprès de Mlle Marcelle.

— Oh ! ce n'est pas la même chose... Ma fille est en âge de se marier...

— Tandis que vous, vous ne l'êtes plus peut-être ?...

Un frisson la secoua, et après avoir gardé un instant le silence pour pouvoir se ressaisir, elle balbutia :

— Il est bien difficile, dans ma position, de répondre à une semblable question... car tout dépend du point de vue auquel on se place...

— Voulez-vous me permettre une observation, interrompit Vauxchamp. Quand vous faites allusion à votre « position », je ne sais pas ce que je dois entendre par là, puisque, en dépit de notre intimité, j'ignore toujours de quelle nature sont les liens qui vous unissent à M. Burguet...

Henriette rougit légèrement et murmura :

— Il n'y a plus rien de commun entre M. Burguet et moi. Le divorce a été prononcé, à mon profit, il y a déjà longtemps.

— C'est ce que personne n'avait pu me dire d'une manière précise.

— Cette ignorance s'explique par le fait que nous étions domiciliés à Paris, au moment où eurent lieu la procédure et les formalités qui précédèrent et suivirent notre séparation. Mon seul tort fut de revenir dans ce pays, où nous avions habité autrefois, et d'acheter cette terre, alors que mon ex-mari était établi dans le voisinage. C'était, je le reconnais, braver l'opinion sans aucune utilité, et cela ne pouvait avoir pour moi que des inconvénients...

— Vous avez pris soin, cependant, de ménager ou plutôt d'égarer cette opinion, en faisant acheter Maison-Rouge au nom de votre mère et en conservant le nom de Burguet que la loi vous interdit de porter...

— C'est vrai, mais si vous saviez comme ces questions sont délicates et difficiles à résoudre pour une femme... pour une femme qui a une fille à marier... D'ailleurs, ces précautions furent sans doute vaines.

— Je crois même qu'elles vous furent nuisibles... Il semble que vos concitoyens aient voulu se venger de ce que vous avez cherché à les tromper sur votre situation légale exacte. Non seulement, on a épilogué sur cette situation mal définie, mais on a fouillé votre passé et on a raconté sur votre compte... des choses... que personne ne pouvait savoir... On a été jusqu'à donner à votre maison un nom, qui, pour ces êtres bornés, sert à qualifier ce qu'il y a de pire... On l'appelle la maison du diable...

Henriette éclata de rire.

— Oh ! fit-elle, c'est une plaisanterie bien anodine... Si l'on n'avait jamais dit que cela, ce ne serait pas grave.

— Sans doute, répondit Vauxchamp en souriant d'une façon équivoque. Néanmoins je peux vous assurer que, pour venir ici une première fois, j'ai dû faire table rase d'une foule de préjugés qu'on voulait me faire partager et que, pour continuer à y venir, j'ai dû lutter avec vigueur contre le courant d'hostilité dans lequel on cherchait à m'entraîner.

— J'ai parfaitement compris, murmura la jeune femme, que vous aviez du mérite à agir ainsi et je puis vous assurer à mon tour que je vous en suis profondément reconnaissante... C'est de cette reconnaissance qu'est née, la sympathie que j'éprouve pour vous...

— Il faut ajouter, poursuivit Robert d'une voix légèrement émue, qu'à partir du jour où je vous ai connue, j'ai eu beaucoup moins de mérite à remonter le courant d'hostilité... car j'étais sous le charme...

— Pardon de vous interrompre, dit Henriette en rougissant, mais pourriez-vous me donner un renseignement... Depuis que je suis riche, le courant d'hostilité contre moi est-il toujours aussi violent ?...

— Beaucoup moins, je crois, balbutia le jeune homme, c'est-à-dire que... enfin, je ne peux rien préciser... il ne m'appartient pas de juger la conduite des autres... En tous cas, je vous dois un aveu, c'est que la raison qui désarme quelques personnes est précisément celle qui m'oblige à montrer une grande réserve envers vous.

— Permettez, ceci demande une explication, répliqua la jeune femme en fixant son interlocuteur tout droit dans les yeux. Je vous exposais tout à l'heure que, pour éviter des commérages malveillants, il serait peut-être nécessaire de ne plus nous revoir. Vous m'avez répondu qu'il n'y avait pas lieu de se gêner pour satisfaire les mauvaises langues. Et maintenant vous laissez entendre que, pour une raison différente, vous serez probablement forcé de ne plus venir ici. Il y a là contradiction... puisque le résultat serait le même.

« Mais voyons, parlons franchement... Vous vous rendez bien compte que les relations charmantes que nous entretenons ne peuvent pas se prolonger indéfiniment de cette façon. Et en rapprochant de plus en plus vos visites chez moi, vous avez certainement envisagé les conséquences qui pouvaient, qui devaient en résulter. Vous vous êtes dit que j'étais ou divorcée ou simplement séparée, mais qu'après une aussi longue séparation, le divorce serait facile à obtenir, qu'en d'autres termes, je serais libre quand je le voudrais... libre de me remarier...

Vauxchamp se rapprocha d'Henriette et lui prit la main.

— J'avoue, à ma honte, chère amie, murmura-t-il, que je n'ai jamais tant approfondi les choses... Vous me plaisez infiniment, j'éprouve pour vous une inclination extrêmement vive, je ressens une joie très douce à vivre dans votre atmosphère... mais je ne me suis jamais demandé si vous étiez légalement en mesure de vous remarier et moralement disposée à le faire...

— Ce qui signifie que vous ne vous êtes jamais demandé si vous pourriez m'épouser, et par la simple raison que vous ne me jugez pas... épousable. Alors, quoi que vous en disiez, vous ajoutez foi à toutes les calomnies qu'on vous a débitées sur mon compte, et vous me considérez tout au plus comme bonne à être votre maîtresse...

Robert fit un geste de protestation.

— Je vous jure, dit-il, que ma conduite n'a pas été inspirée par un tel machiavélisme. J'étais heureux, je vous le répète, de me trouver auprès de vous... je me suis abandonné à ce bonheur sans penser à l'avenir...

— Dans tous les cas, reprit-elle, maintenant que

la question est posée... pourriez-vous... y répondre ?...

Vauxchamp baissa les yeux,se recueillit une minute et balbutia enfin :

— Il est difficile de prendre au pied levé une décision aussi grave. Cependant, pour être franc, je ne crois pas être le mari qu'il vous faut.

— En d'autres termes : vous refuseriez de m'épouser, parce que je suis divorcée ?...

— A dire vrai, le divorce m'inspirerait, en effet, quelques scrupules. Néanmoins, si nous étions tous les deux dans la même position de fortune, il est probable que l'affection sincère, dévouée que j'ai pour vous finirait par l'emporter sur les scrupules. Mais la situation est tout autre. Je suis pauvre et vous êtes riche : dès lors, il ne peut être question d'union entre nous...

— Pourtant, la disproportion de fortune entre deux époux n'a aucune importance, quand l'affection... l'affection réciproque...

Le jeune homme l'interrompit.

— Non, déclara-t-il avec fermeté, les Vauxchamp ne se marient pas dans ces conditions-là... Je n'ai pas besoin de vous rappeler, n'est-ce pas ? que nous considérons comme des êtres ignobles les individus qui, dans un certain monde, vivent aux crochets d'une femme... Eh bien ! à mon avis, les hommes qui, dans notre monde, se livrent au même trafic, fût-ce sous le couvert du mariage, sont encore plus méprisables... Voilà pourquoi si vous me donnez à choisir entre vous épouser ou rompre toute relation, je n'hésiterai pas à rompre... quoi qu'il puisse m'en coûter de ne plus vous revoir.

— Mettez-vous à ma place, Robert. J'ai une fille, à qui je dois donner le bon exemple...

— Alors, adieu, Madame, dit-il en se levant.

— C'est votre dernier mot ? interrogea-t-elle anxieuse.

— Absolument, balbutia-t-il avec peine, je ne transigerai pas avec l'honneur.

Et après avoir baisé la main de la jeune femme, il s'éloigna tout désorienté.

En route vers son domicile, les réflexions de Vauxchamp furent amères. Cependant, il eut le courage de ne pas regretter son sacrifice et de rester inébranlable dans son héroïque résolution.

— J'ai failli céder, se répétait-il tout bas, Henriette est si séduisante... j'ai failli accepter la combinaison : troquer mon honorabilité contre les cinq millions du père Gerbet... J'aurais ainsi couvert de mon nom les petites malpropretés que l'ex-madame Burguet doit avoir à se reprocher, car il n'y a pas de fumée sans feu... Heureusement, je suis sorti vainqueur de la lutte et je m'en félicite... C'est mon curé qui va être étonné quand je lui raconterai cette histoire, lui qui prétend que je n'ai pas de principes !

VI

Les premiers jours qui suivirent parurent à Robert mortellement longs.

Habitué à ce pèlerinage qui remplissait presque toutes ses après-midi, il ne sut d'abord à quoi s'occuper. Il essaya bien de se remettre aux choses de la ferme qu'il avait beaucoup négligées depuis quelque temps, mais Joseph lui ayant affirmé que tout marchait fort bien, il n'insista pas.

Sur ces entrefaites, Mérandal vint le voir et lui demanda incidemment s'il allait toujours aussi souvent à Maison-Rouge.

— Non, répondit-il, mes visites ayant donné lieu à des cancans absurdes, j'ai cru devoir les interrompre.

— Ah ! par exemple, mon bon ami, fit Max, si tu te laisses arrêter par de pareilles balivernes, tu ne tarderas pas à ne plus sortir de chez toi. Je t'assure que moi, je ne fais pas le moindre cas de ce qu'on peut dire sur mon compte.

— Voilà qui m'étonne, car tu as toujours été l'esclave des préjugés. Ainsi, il y a trois mois, tu te serais cru déshonoré en mettant les pieds chez Mme Burguet, parce que l'opinion publique lui était défavorable.

— Je reconnais, balbutia Mérandal avec embarras, que je suis en contradiction avec moi-même, mais j'ai une excuse : je suis amoureux... Est-ce ma faute si Mlle Marcelle est aussi séduisante ?...

Vauxchamp haussa légèrement les épaules. Après un court silence, Max ajouta :

— Eh bien ! je te laisse à ta solitude, à tes réflexions amères... Moi je vais prendre quelques heures de distraction.

— Va, va, mon cher, et puisses-tu n'avoir jamais à regretter de t'être engagé dans cette aventure !

Lorsque son ami fut parti, Vauxchamp, agacé de n'avoir plus personne à qui parler, se décida à aller rendre visite à l'abbé Desnoyers. Il n'avait pas encore vu le prêtre depuis sa rupture avec Maison-Rouge, et ne fut pas fâché de lui raconter toute l'affaire.

Le curé l'écouta avec beaucoup d'attention et lui dit, lorsque son récit fut terminé :

— Mon cher ami, je ne peux que vous féliciter d'avoir montré tant de prudence et de fermeté. L'égale sollicitude dont j'entoure toutes mes ouailles, même les châtelaines de Maison-Rouge, qui n'ont aucune religion, me permet, je crois, de m'exprimer sur leur compte en toute franchise, sans que l'on puisse m'accuser d'y mettre le moindre parti pris... Eh bien ! je vous le dis en toute sincérité, Mme Burguet n'est pas la femme qu'il vous faut...

— Parbleu, fit Robert en souriant, le fait seul qu'elle est divorcée l'empêche, à vos yeux, de se remarier.

— Je laisse de côté la question du divorce que, en effet, comme prêtre, je suis forcé de condamner... Et c'est uniquement comme homme que je veux envisager et juger la situation... Eh bien ! je le répète, au simple point de vue des convenances mondaines et de... votre tranquillité personnelle, vous regrettariez amèrement d'avoir épousé l'ex-madame Burguet.

— Peut-être... On ne sait jamais...

— Si... Croyez-en ma vieille expérience... D'abord, une femme qui a eu des aventures peut parfaitement en avoir encore...

— Prenez garde, Monsieur l'abbé, vous faites maintenant un procès de tendance... Vous allez me laisser supposer que votre libéralisme n'est qu'apparent.

— Mon libéralisme est très sincère, mon cher ami, il est seulement défiant. Mais admettons que je me trompe, admettons que Mme Burguet, une fois devenue comtesse de Vauxchamp, soit une épouse modèle et ne vous donne jamais que des sujets de satisfaction, il n'en restera pas moins que vous aurez vendu votre nom pour un sac d'écus... et que vous serez méprisé par tous les gens qui ont quelque noblesse dans le cœur.

— Je vous l'accorde, et cette raison est précisément celle qui a dicté ma conduite... Cependant, je me demande aujourd'hui si mes scrupules ne sont pas exagérés. L'argent a tant d'influence, modifie si rapidement les opinions et rend si facilement estimables les êtres d'une honorabilité douteuse !...

— Voyons, voyons, calmez-vous... L'argent n'a pas tant de puissance que vous lui en attribuez...

— Comment se fait-il alors que Mme Burguet, qui était si mal vue, il y a trois mois, soit entourée maintenant de la considération universelle ?...

L'abbé resta un instant les yeux fixés à terre.

— Je ne vois pas, balbutia-t-il enfin, que l'opinion publique soit devenue subitement si favorable à Mme Burguet.

— C'est probablement, mon cher abbé, parce que vous n'y avez pas pris garde. Mais, ouvrez l'œil désormais, étudiez, interrogez, et vous me direz dans quelques jours si je me trompe...

— Vous m'étonnez... vous m'étonnez...

— Vos étonnements disparaîtront... et vous constaterez que tout ce qu'il y a de plus aristocratique, de plus clérical aux environs de Saint-Hilaire, grille d'envie d'avoir des relations suivies avec la maison... du diable...

— Ah ! ah !... la maison du diable... Quelle trouvaille !...

— Comment !... On m'avait dit que cette trouvaille avait été faite par vous.

— Par moi ?... Oh ! mon cher ami, c'est la première fois que j'entends prononcer ce mot... Cela vous prouve combien je suis peu au courant des potins du jour.

— Je pensais bien qu'on se trompait ou qu'on vous calomniait, en vous attribuant la paternité de ce surnom. Je savais bien que vous étiez trop charitable et d'esprit trop élevé pour qualifier la maison des dames Lebaire d'une façon qui eût été particulièrement désobligeante dans votre bouche.

— Vous aviez raison... C'eût été de ma part une méchanceté et une bêtise.

— Enfin, mon cher abbé, conclut Vauxchamp en riant, vous voilà fixé maintenant sur l'état d'esprit de vos ouailles, en ce qui concerne Mme Burguet... avant et depuis la succession. Et vous admettrez, je pense, qu'entre deux mouvements d'opinion aussi profondément contradictoires, il n'était pas déjà si facile d'adopter une ligne de conduite sage.

— Vous avez eu d'autant plus de mérite.

— Allons, je vous quitte, reprit Robert en se levant, et puisque je suis en veine de bavardage, je descends jusqu'à Saint-Hilaire faire quelques visites.

— Au revoir !... A bientôt !...

Ils se séparèrent après une cordiale poignée de main, et Vauxchamp remontant en voiture, se fit conduire d'abord chez Mme de Tarade. Il croyait y rencontrer Mme de Saint-Servais dont la conversation alerte et mordante l'amusait beaucoup. Mais celle-ci avait fui vers d'autres cieux : elle était chez une de ses bonnes amies, en villégiature à Montreux.

Le jeune homme dut se contenter d'un entretien avec la vieille marquise, mais comme il ne trouvait rien à lui dire, il abrégea la visite et se rendit chez Mme de Mérandal.

— Max n'est pas encore rentré ? demanda Robert, après avoir présenté ses compliments à la vieille dame.

— Peuh ! fit la baronne avec aigreur, depuis quelques semaines, il n'est plus jamais ici...

— L'été, la promenade est plus attrayante, madame, et les soins à donner à l'agriculture plus nombreux, plus absorbants.

Après avoir hésité une minute, Mme de Mérandal prit son parti et, regardant fixement Vauxchamp, poursuivit :

— Voyons, au nom de l'amitié qui vous unit à mon fils, voudriez-vous me dire franchement tout ce que vous savez... Qu'est-ce que Max va faire si souvent à Maison-Rouge ?...

— ... Mais, mon Dieu, madame, je n'en sais rien au juste, murmura Robert avec un certain embarras.

— D'abord, y va-t-il tous les jours ?...

— Je le crois, sans pouvoir le garantir, attendu que je ne suis pas mon ami pas à pas... D'ailleurs, il m'est difficile maintenant de contrôler la présence de Max à Moulin-Rouge, car, depuis quelque temps, je n'y mets plus les pieds.

— Depuis quelques jours peut-être, mais auparavant, vous étiez un familier de la maison. C'est même vous qui avez conduit mon fils chez ces dames pour la première fois.

— Je l'avoue, Madame, mais ce fut à mon corps défendant : il a fallu l'insistance de Max pour me faire céder.

— C'est possible... Dans tous les cas, s'il a tant insisté, il a dû vous en donner des raisons... Vous êtes donc au courant de ses projets... Allons, dites, c'est à cette petite Burguet qu'il en veut, sans doute ?

— Probablement... puisqu'il prétend l'aimer.

— Peuh ! l'aimer... ricana la vieille dame, qu'il en fasse sa maîtresse, alors. Mais il faudrait vraiment être fou pour vouloir faire de cette Marcelle Burguet une baronne de Mérandal !...

— Permettez-moi, Madame, de n'être pas de votre avis. Outre qu'une union irrégulière n'est pas toujours facile à... réaliser, le mariage a l'avantage d'enrichir... celui qui épouse la forte dot.

Mme Mérandal, blessée dans sa vanité, se préparait à répondre avec aigreur, quand son fils entra, lui coupant sa réplique.

Après avoir embrassé la baronne et serré la main de son ami, Max se mit à bavarder avec insouciance et animation, en homme à qui la vie n'offre que de riantes perspectives. Cette gaieté eut le ton d'exaspérer la vieille dame qui tint à manifester sa réprobation par une attitude revêche et des réflexions aigres-douces. Et la conversation ne tarda pas à prendre une tournure tout à fait maussade.

Vauxchamp aurait bien voulu s'en aller, mais, ayant accepté de rester pour dîner, il ne pouvait plus maintenant décliner cette invitation.

Pendant tout le repas, un certain malaise régna. Aussi, lorsque, après le café, Max proposa à son ami de l'emmener à son cercle, Robert s'empressa-t-il d'accepter sans demander d'explication.

Mais, en route, il exprima son étonnement.

— Qu'est-ce que c'est que cette histoire de cercle ?...

— Ah ! c'est vrai, tu ne savais pas... C'est une idée de Me Leborgne ou plutôt de Burguet — deux têtes sous le même bonnet. — Ils veulent grouper les quelques avoués, notaires ou fonctionnaires de la ville qui sont célibataires et sont très embarrassés pour occuper leurs soirées. Nous avons déjà recueilli une vingtaine d'adhésions et, en attendant que nous ayions notre hôtel, nous nous réunissons dans une salle du café Blondet.

— Alors, tu fais partie de cette... Société ? demanda Robert.

— Tu le vois bien, puisque je t'offre de t'y introduire.

— Pour une fois, en passant, je n'y vois pas d'inconvénient. Mais d'être membre de ton cercle, non, ça ne me sourit pas du tout.

— Montons toujours : tu verras.

La salle du café Blondet qui servait d'asile provisoire au groupe des célibataires, était une longue pièce carrelée, tendue de papier à fleurs vertes et décorée de quelques chromos, alternant avec des écriteaux administratifs, qui rappelaient les lois sur l'ivresse et la police des cabarets.

En entrant, on était saisi à la gorge par une affreuse odeur imprégnée dans les murs, qui était un mélange de tabac, de bière, d'absinthe et de cuisine.

Mérandal et Vauxchamp trouvèrent là M. Dubost, contrôleur des contributions indirectes, veuf et retraité ; Me Frelon, l'avoué des gens bien pensants de l'arrondissement ; le capitaine de gendarmerie Moulin, enfin le notaire Leborgne et son inséparable Burguet. N'oublions pas quelques personnages moins importants, des clercs d'avoués ou de notaires et deux ou trois surnuméraires de l'enregistrement ou de contributions.

Tous paraissaient très fiers d'avoir leur cercle. Les jeunes jouaient au billard ou au piquet. Le contrôleur et l'avoué Frelon faisaient une partie de dominos. Le capitaine de gendarmerie Moulin allait de groupe en groupe, donnant des conseils, ce qui lui attirait toujours des apostrophes désagréables. Quant à Leborgne et à Burguet, ils causaient dans un coin, en fumant leur pipe. Sur l'invitation du notaire, Max et Robert vinrent s'asseoir à leur table.

Leborgne et Burguet étaient physiquement les deux êtres les plus dissemblables qu'on pût imaginer.

Grand, bel homme, correct dans sa tenue, affable dans ses manières, Me Leborgne avait un regard franc, un visage ouvert et loyal, qui tout de suite inspirait — hélas ! — la plus absolue confiance. Convaincu, d'ailleurs, de son importance et de son omniscience, sceptique par tempérament et dédaigneux par principes, Leborgne méprisait la vie de province en général, et la vie de notaire de petite ville en particulier.

Très habile, toutefois, à se faire passer aux yeux

de ses clients pour l'homme le plus dévoué à leurs intérêts, il retenait de sa charge le seul côté pratique, celui qui lui permettait de compliquer les affaires à plaisir, afin d'en retirer de plus gros bénéfices.

Auprès de lui, Burguet avait l'air de sortir de sa poche. Petit, malingre, le visage bilieux et encadré d'une barbe maigre d'un blond sale, Aristide Burguet, avec sa mine chafouine et ses yeux clignotants d'une couleur indéfinissable, résumait dans sa personne toutes les tares physiques qui devraient toujours caractériser l'agent d'affaires véreux.

Une intimité profonde, basée sur une association d'intérêts, unissait ces deux hommes.

A vrai dire, s'ils étaient parvenus maintenant au même degré de canaillerie, c'était la faute de Burguet. C'était lui qui avait donné les mauvais conseils et les mauvais exemples. C'était lui qui, après avoir appris à son ami à considérer les hommes comme des pigeons à plumer, servait de rabatteur, entortillait, circonvenait les clients et les poussait dans le maquis de la procédure. Leborgne intervenait seulement lorsque les malheureux étaient acculés à des difficultés inextricables. Il offrait alors ses services, affirmait que l'affaire était facile à arranger moyennant un sacrifice pécuniaire important mais indispensable. Et le pigeon une fois plumé, les deux compères se partageaient ses dépouilles.

Ce trafic, charmant et lucratif, n'avait pourtant pas enrichi Burguet, par la simple raison que ses débuts avaient été trop pénibles et que les expédients auxquels il avait dû recourir alors avaient dévoré par avance les bénéfices de ses opérations futures. Parfois aussi, Aristide, quelque malin qu'il fût, s'était fait voler par d'autres agents d'affaires plus retors que lui.

Bref, l'ex-mari de Mme Henriette Lebaire restait besogneux, poursuivi par de perpétuels embarras d'argent. Et cette situation avait eu le don de l'aigrir au suprême degré, d'autant plus que Me Leborgne semblait, à côté de lui, le narguer du haut de sa prospérité puisée à la même source.

Dès le premier abord, Vauxchamp avait éprouvé pour ce petit homme au regard sournois une répulsion instinctive. Aussi, malgré toute l'amabilité dépensée par le notaire et son acolyte, la conversation devint-elle bientôt languissante. Robert répondait aux questions avec distraction, réprimait à grand'peine de fréquents bâillements et semblait n'avoir qu'un seul désir : celui de s'en aller.

Ce fut en vain que Me Leborgne exposa en termes éloquents les avantages du nouveau cercle, pour les célibataires de la petite ville qui trouveraient là un foyer, presque une famille. Vauxchamp sourit à peine, l'air ennuyé. Même il se récria si vivement, lorsque Burguet lui proposa d'en faire partie, que toute insistance fut jugée inutile.

Max sachant que son ami s'intéressait davantage aux chevaux essaya de le dérider en développant un projet qui lui trottait depuis longtemps par la tête et qui consistait à organiser à Saint-Hilaire une société de courses. Cette fois, Robert voulut bien discuter, mais pour plaisanter le projet qui lui paraissait saugrenu.

Aristide fut d'un avis contraire.

— Je crois, Monsieur le baron, dit-il en s'adressant à Max, que vous constituerez très facilement cette société, grâce aux relations que vous possédez dans le pays.

— Je m'inscris toujours pour cinq cents francs, ajouta Leborgne.

— Merci, mon cher maître, vous figurerez en tête de la liste, puisque vous êtes le premier à m'apporter votre souscription.

— Il faudrait, reprit l'agent d'affaires, communiquer votre plan à Naudet, le vétérinaire, c'est un homme connaissant à fond son métier.

— Vous avez raison, j'irai lui en parler un de ces jours. Et je profiterai de l'occasion pour solliciter son adhésion à notre cercle. C'est un garçon qui a de l'instruction et de l'usage.

— Parfaitement.

Sur cette perspective consolante, Mérandal qui voyait l'impatience croissante de Vauxchamp, crut devoir se lever pour permettre à son ami de faire une sortie à peu près naturelle.

Lorsqu'ils eurent dégringolé l'escalier vermoulu, qui mettait en communication le salon du café Blondet avec la terre ferme, Robert, en se retrouvant dans l'atmosphère tiède d'une calme nuit d'été, poussa un soupir de satisfaction.

— Eh bien ! qu'en penses-tu ? demanda Max.

— Je pense, répliqua Vauxchamp, que voilà des gens qui sont très bien ensemble. Mais je ne m'explique pas que tu aies pu te fourvoyer parmi eux.

— Il faut bien avoir quelques relations.

— Je crois que tu pourrais en avoir d'autres plus en rapport avec ton éducation et tes goûts...

— Leborgne est bien élevé. Quant à Burguet, c'est un homme très fort en affaires.

— Tu as quelquefois utilisé ses services ?

— Quelquefois... Je n'ai toujours eu qu'à m'en louer.

— J'espère au moins que tu n'as pas dit à la châtelaine de Maison-Rouge que tu entretenais d'excellentes relations avec son ex-mari.

— Non, mais je la crois incapable de s'en offusquer.

— Ta situation dans la maison te donne le droit de compter sur une large indulgence.

— Prends garde, fit Max, d'un ton pointu, je pourrais te retourner le compliment... car nous sommes logés à la même enseigne, mon bon : nous payons tous les deux le crime d'avoir été reçus à Maison-Rouge. Si tu voyais les regards dédaigneux que laissent tomber sur moi les Dufour, les du Bossage et autres, quand je les rencontre dans le salon de ma mère !... Cela permet de se rendre compte de ce qu'ils peuvent raconter sur moi, lorsque j'ai le dos tourné. Or, tu es certainement jugé aussi sévèrement que moi-même.

— Tant pis !...

— Sans doute... Mais tu me reprochais tout à l'heure de me créer de nouvelles relations... Eh bien ! j'agis ainsi, parce que l'entourage de ma mère m'est de plus en plus hostile... Où vas-tu par là ?...

— Je rentre chez moi.

— Tu ne veux pas que je te fasse reconduire en voiture ?...

— Pas du tout, j'ai renvoyé la mienne pour avoir le plaisir de faire à pied cette petite course. Tu ne te figures pas la jouissance que j'éprouve à courir la campagne par une belle nuit d'été...

— Comme un amoureux ?...

— Si tu veux...

— Je m'en doutais...

— Et toi, ça ne t'attire pas, les rêveries au clair de lune ?...

— Pas le moins du monde, fit Max d'un ton ironique, je n'attache aucune importance à ces niaiseries-là.

VII

Mérandal monta dans sa chambre, alluma une pipe, ouvrit la fenêtre et s'accouda, songeur, sur l'appui de fer ouvragé.

L'ombre des sycomores plongeait le petit parc dans une obscurité complète. De légers frissons effleuraient le feuillage au travers duquel, par de minuscules trouées, apparaissait le bleu du ciel, semé de fine poussière d'or. Et du sol montait par bouffées un parfum mêlé d'héliotrope et de jasmin.

Au contact de ce calme, de ce recueillement profonds, Max fut envahi par une soudaine mélancolie. Le sceptique, toujours prêt à la raillerie, se sentit devenir sentimental... L'heure de la crise avait-elle donc sonné pour lui ?... Peut-être puisqu'elle sonne pour tout le monde.

Cependant cette subite éclosion d'amour dans un

cœur jusque-là si froid était bien étrange. Comment le jeune baron, qui n'avait jusqu'à présent recherché dans le succès d'une intrigue qu'une satisfaction passagère ou la gloire de la conquête, avait-il pu s'amouracher d'une Marcelle Burguet, d'une fillette de dix-sept ans, n'ayant pas encore le charme troublant de la femme ?

Évidemment, il se trompait... Ce qu'il prenait pour de l'amour devait être un simple caprice... ou un calcul d'intérêt.

Il est vrai que ces deux considérants sont bien souvent les seuls sur lesquels sont basés les mariages mondains. La plus légère inclination passe pour de l'affection et les convenances matérielles sont satisfaites lorsqu'un des époux apporte un nom illustre et l'autre de l'argent.

Qu'y avait-il, dès lors, d'extraordinaire à ce que la très riche Marcelle Burguet devînt baronne de Mérandal ?...

En vérité, jamais union n'aurait été mieux assortie.

Après avoir formulé cette conclusion, Max se disposait à se coucher lorsqu'on frappa à sa porte.

— Entrez, fit-il, croyant que c'était le domestique qui avait oublié quelque chose.

Mais, au lieu de Casimir, ce fut Mme de Mérandal qui apparut, un bougeoir à la main, la tête couverte de sa mantille noire.

— Tiens, maman ! s'écria le jeune homme, je vous croyais couchée, si bien que je n'ai pas songé, en rentrant tout à l'heure, à aller vous dire bonsoir.

— Non, mon ami, répondit la baronne, il faisait si chaud ce soir que je suis restée dans le jardin, et c'est en t'apercevant à ta fenêtre que j'ai eu l'idée de monter.

Max, ne sachant que dire, fit un geste vague.

— L'occasion, continua la baronne, m'a semblé bien choisie pour ce que j'ai à te dire. En te voyant rêver ici, j'ai supposé que tu réfléchissais à ce qui me préoccupe si vivement et... que tu commençais sans doute à sentir les remords de ta conduite.

— Les remords de ma conduite !... Je ne comprends pas.

— Voyons, mon cher enfant, ne jouons pas au plus fin ! Tu comprends parfaitement — et le fait que tu te caches pour aller à Maison-Rouge le prouve — tu comprends parfaitement à quel point ta conduite est imprudente et... coupable.

— Imprudente et coupable !... répéta Max d'un ton étonné, qui laissait deviner quelque impatience.

— Mais, oui, voyons, c'est évident...

— D'abord, ma chère mère, je ne me cache pas pour aller à Maison-Rouge. Si je ne vous ai pas tenue au courant de mes visites, c'est uniquement pour éviter une discussion orageuse et inutile.

— Pourquoi cette discussion serait-elle inutile, sinon parce que tu ne veux pas accepter, comme un fils doit le faire, mes observations et mes conseils ?... Voilà comme je suis récompensée de mon indulgence !... Je n'aurais jamais dû souffrir que ma volonté fût tenue en échec par la tienne. D'ailleurs, puisque tu t'es réduit à l'indigence par tes bêtises, tu n'as qu'à accepter la vie que je t'offre : elle est encore supportable, avec les quelques distractions de la petite ville et les relations que j'ai pu conserver.

— Ah ! parlons-en, maman, de vos relations ! Elles sont fameuses !... Ce sont elles précisément qui ont lassé ma patience, qui m'ont fait fuir... Mais, vous ne voyez donc pas que ces gens que vous recevez et qui vous sentent pauvre, se moquent de nous et nous méprisent au fond ?

— Et toi, pour n'être pas méprisé, tu vas courir chez des parvenues, chez des femmes de rien..

— Ces femmes me reçoivent au moins poliment.

— Parbleu, elles cherchent à faire de toi leur jouet, leur chose. Elles n'ont qu'un but, c'est de t'enjôler pour te faire épouser cette petite...

— Marcelle Burguet ?... Mais ce ne sera pas déjà un si mauvais parti ! Je ne sais pas si sa mère la tient en réserve pour me la donner. Mais, si telles étaient ses vues, je m'y associerais volontiers.

Mme de Mérandal fit un mouvement d'indignation et resta muette.

— Au surplus, maman, poursuivit Max, je ne vois pas pourquoi nous cherchons un sujet de querelle en nous occupant de Mme Burguet, qui, elle, certainement, ne pense pas à nous.

— Si, si, parlons-en, au contraire, de tes dames Burguet et Lebaire, reprit la baronne avec animation. Je ne veux pas rester plus longtemps dans l'incertitude... Je veux connaître tes projets.

— Mes projets ?... Mais, c'est tout simplement de continuer à agir comme je l'ai fait jusqu'à présent... Je verrai plus tard...

— Tu ne consentirais pas, pour me faire plaisir, à ne plus retourner à Maison-Rouge ?... Tu ne crains donc pas de faire le vide autour de toi, de voir tous les gens, qui avaient de l'estime et de l'amitié pour toi, te tourner le dos et t'associer dans leur esprit à cette divorcée, objet de leur mépris ?

— Il y a longtemps que vos amis m'ont tourné le dos, je n'ai plus rien à craindre à cet égard...

— C'est peut-être ta conduite qui t'attire ces rebuffades...

— ... Et c'est justement pour cela, continua Max, que je me suis créé ailleurs de nouvelles relations... qui valent bien les anciennes... Je n'ai donc aucune envie de les abandonner.

— Je vais croire alors que tu t'entêtes dans cette manière d'agir, uniquement pour me contrarier... car il me semble difficile d'admettre que tu sois poussé à ces assiduités ridicules par un sentiment d'affection...

— Qu'en savez-vous, maman ? Il m'est bien permis d'aimer, je pense. Mon cœur ne s'est pas fixé jusqu'à présent, mais j'arrive à un âge où l'idée du mariage n'a plus rien d'épouvantable.

— Tu épouserais cette fille ?

— Pourquoi pas ?... Si je l'aime et si je lui plais...

La baronne se cacha le visage dans ses mains et demeura un instant silencieuse. Puis, s'étant ressaisie elle s'approcha du jeune homme qui était resté adossé à la fenêtre.

— Ecoute-moi, reprit-elle. Tu connais la grosse mère Gimiot, l'épicière du coin de la place ?

— Oui.

— Eh bien ! il y a trente-trois ans, c'était une petite personne mince et gentille, au minois chiffonné. Ton père, quelque temps avant de demander ma main, en était fort épris et voulait l'épouser. Il n'y renonça que sur les menaces de malédiction de sa mère. Alors, sa passion changea de caractère, et leurs relations duraient encore deux mois avant mon mariage : je n'ai jamais songé à en être jalouse.

Max éclata de rire.

— Mais, savez-vous, ma bonne mère, s'écria-t-il, que vous me proposez là un exemple souverainement immoral !... Et je m'étonne qu'une personne ayant de la religion...

— C'est vrai, pardon, interrompit la baronne, pardon d'avoir pu te donner un mauvais conseil... Mais, vois-tu, l'idée que tu pourrais épouser cette Marcelle Burguet m'affole... Je t'en supplie, Max, jure-moi que tu n'y songes pas... Jure-moi que tu ne compromettras pas dans une pareille aventure l'honneur de ton nom...

Après avoir réfléchi une minute, le jeune homme prit sa mère par la main, l'obligea doucement à s'asseoir et roula un fauteuil auprès d'elle.

— Ma chère maman, dit-il avec calme, je serais désolé de vous faire de la peine, mais, voyons, laissez-moi vous parler à cœur ouvert et examiner avec vous les raisons qui m'ont poussé à cette... résolution.

— Ah ! balbutia-t-elle, c'est déjà résolu dans ton esprit ?...

— Attendez un peu avant de juger... Vous me rappeliez fort justement tout à l'heure que j'étais ruiné. Croyez-vous que dans de telles conditions je puisse trouver à me marier avantageusement dans notre monde ?... Croyez-vous qu'une jeune fille à la fois riche et noble consentira à m'épouser ?...

Vous savez bien que non... vous savez que, si je veux me marier, comme vous le désirez vivement, je dois faire des sacrifices sur la famille et demander à une fille de la bourgeoisie, qui sera heureuse de devenir baronne, de l'argent en échange de mon nom.

— Sans doute, murmura Mme de Mérandal, et je suis préparée depuis longtemps à ce sacrifice. Mais, n'y a-t-il donc pas au monde une autre jeune fille qui remplisse les conditions dont tu parles et qui soit en même temps digne d'être ta femme ?...

— Mlle Marcelle Burguet est jolie, douce et bien élevée. Quant à la situation irrégulière de ses parents, elle n'en est pas responsable...

— Non, non, toute autre si tu veux, mais pas celle-là, pas la fille de ce Burguet, l'agent d'affaires véreux, pas la fille de cette divorcée qui s'est compromise dans vingt aventures...

— Peuh !... Des histoires !...

— Quand toutes ces histoires seraient des calomnies, il n'en reste pas moins que la réputation de Mme Burguet est détestable. En devenant son gendre, tu partagerais son mauvais renom... Non, jamais tu n'auras mon consentement pour épouser cette jeune fille-là... Max, je t'en conjure...

Le baron, sans prendre garde à cette prière, s'était levé et arpentait la chambre d'un pas nerveux.

— Max, je t'en supplie, répéta la baronne d'une voix brisée, accorde-moi cette grâce... c'est pour ton bien...

— Ah ! laissez-moi, cria le jeune homme en s'animant, vous lasseriez ma patience à la fin, avec votre entêtement !... Moi aussi, c'est pour votre bien que je travaille et que je manœuvre... c'est pour assurer à votre vieillesse le luxe auquel vous étiez habituée, que mes folies de jeunesse vous ont enlevé et dont la privation vous est pénible.

— J'aime mieux me passer de mon luxe, mon enfant, que de te le voir acheter par une vilenie.

— Il n'y a là-dedans aucune vilenie... Marcelle est parfaitement digne d'être aimée...

— Hé ! tu ne l'aimes guère... puisque c'est un simple calcul qui la désigne à ton choix.

— Le résultat serait le même...

— Peu importe !... Tu connais maintenant mon opinion... Je n'en changerai pas.

— A votre aise !... Vous continuerez donc à mener l'existence misérable que nous traînons depuis trop longtemps déjà... Tant mieux pour vous, si vous êtes assez courageuse pour supporter cette gêne atroce et... le mépris de votre entourage qui en est la conséquence !... Quant à moi, j'en ai assez... Sans doute, l'indigence dans laquelle nous végétons est le fruit de mes sottes prodigalités, mais ce n'est pas une raison pour que j'en subisse indéfiniment les horreurs... puisque je peux faire autrement. Et je persiste à croire, quoi que vous en disiez, que mon devoir est d'abréger le sacrifice que je vous ai imposé.

— Mon ami, déclara froidement la baronne en se levant, je te répète que tu connais mon opinion et que je ne changerai pas... Au revoir !

Max jugea inutile de répondre et mit distraitement un baiser sur le front de sa mère. Puis, lorsqu'elle eut disparu, il s'installa de nouveau à la fenêtre, afin de permettre à la brise maintenant plus fraîche de dissiper la fièvre de son front brûlant.

VIII

Quelle que soit la manière dont on définisse l'amour, il est un point sur lequel tout le monde est d'accord, c'est que cette impulsion instinctive ne peut pas souffrir la contrariété et que toute résistance, loin de la contenir, ne fait que l'exaspérer.

Mérandal, qui était un enfant gâté, qui était habitué à voir tout plier devant ses fantaisies, fut profondément irrité de l'opposition brutale de sa mère.

Et sous l'influence de cette irritation, l'inclination assez calme et plutôt... utilitaire qui le portait vers

Marcelle Burguet, prit soudain un caractère de violence... De là à adopter une ligne de conduite indépendante il n'y avait qu'un pas... bien facile à franchir.

Le jeune homme se persuada aisément d'abord que la baronne ne comprenant rien aux idées modernes, il n'avait pas besoin, dans cette affaire, de tenir compte de son opinion. Au surplus, un garçon de trente ans passés n'a-t-il pas assez d'expérience pour disposer de sa personne à sa guise ?

Évidemment, en s'affranchissant du joug maternel, il provoquerait un petit scandale et ferait de la peine à la pauvre femme. Mais la possession d'une fortune ne vaut-elle pas l'ennui d'un scandale et d'une contrariété passagère ? Car, dans son esprit, l'hostilité de la baronne ne durerait pas... Une fois le mariage accompli, les jeunes époux prolongeraient leur voyage de noces aussi longtemps que possible... Peu après leur retour, un bébé arriverait sans doute qui préparerait le rapprochement... Et tôt ou tard, la réconciliation se produirait, qui effacerait toute trace du malentendu et permettrait à la bonne grand'mère de profiter de la situation acquise.

Ayant ainsi réglé l'avenir, Max referma sa fenêtre et se coucha avec la conviction d'être un habile manœuvrier.

Le lendemain, au déjeuner, il ne fut pas question entre sa mère et lui de ce qui s'était passé la veille.

Puis, vers deux heures, le baron donna l'ordre à Casimir d'atteler son phaëton et partit pour Maison-Rouge. Au fond, la démarche qu'il allait faire n'était pas sans lui inspirer quelque inquiétude, car elle renfermait une part troublante d'imprévu.

Marcelle fut la première personne qu'il aperçut en arrivant. Aussitôt il sauta à terre pour saluer la jeune fille et s'informa de sa santé, de celles de sa mère et de sa grand'mère.

Marcelle, un peu confuse, remercia de son mieux.

— Maman va toujours bien, dit-elle. Elle est, occupée en ce moment, ainsi que ma grand'mère, avec les hommes d'affaires. Depuis quelques mois, nous ne sortons plus des avoués, des notaires... Quand j'ai vu arriver ces messieurs, j'ai pris la fuite...

— Vous n'aimez pas les discussions d'intérêt ?...

— Pas du tout, fit-elle en riant, d'abord parce que je n'y entends rien, ensuite parce que ces questions-là me laissent indifférente. Il me semble qu'il y a dans la vie assez de tracas inévitables sans qu'on cherche à s'en créer d'autres avec toutes ces histoires d'argent...

— Cependant, ces histoires-là ne sont pas inutiles, puisque la société est constituée sur cette base...

— Il ne serait pas possible de vivre sans cela ?...

— Ce serait difficile... Voulez-vous, Mademoiselle, qu'en attendant ces dames nous nous promenions un peu dans le parc ?

La jeune fille rougit légèrement, hésita une seconde, puis se décida à suivre le baron. Après avoir fait quelques pas silencieusement, elle reprit d'une voix timide :

— Est-ce vrai que vous vous intéressez aussi à ces viles questions d'argent ?... D'après ce que je vous entends dire sans cesse, j'aurais pourtant cru le contraire...

— Et vous auriez eu mille fois raison, approuva Max. Vous n'avez donc pas compris que mon insinuation était un piège ?... Je voulais précisément savoir jusqu'où allait votre dédain de ce maudit argent qui fait tourner aujourd'hui toutes les têtes, et j'ai été heureux de constater que vous aviez échappé à la contagion universelle... Voyons, vous devez bien avoir entendu dire que je n'avais pas toujours mené l'existence mesquine que je traîne actuellement... Cela prouve, me semble-t-il, que je ne tiens pas beaucoup à l'argent et que je le considère tout au plus comme digne... d'être jeté par les fenêtres.

— Oh ! ce n'est pas la même chose, répliqua Marcelle d'un ton grave. On peut être prodigue et aimer l'argent. On peut avoir des goûts de luxe, des désirs ruineux à satisfaire, jeter, comme vous dites, l'argent par les fenêtres, et en même temps chercher par tous les moyens à se procurer cet argent qui est nécessaire à la satisfaction des habitudes prises. Ce n'est pas, je le veux bien, aimer la fortune pour elle-même, comme le fait l'avare qui thésaurise, mais ce n'est pas non plus la mépriser tout à fait, avouez-le...

— J'avoue, Mademoiselle, dit Max, avec un sourire contraint. Mais laissez-moi vous complimenter, vous êtes de première force en philosophie.

— En tous cas, ajouta-t-elle avec une nuance d'embarras, mes théories philosophiques sont d'ordre absolument général, et je ne pense pas que vous songiez à vous les appliquer.

— Mademoiselle, les théories ont cet avantage que, sous une forme générale et impersonnelle, elles peuvent toujours servir de leçon particulière.

— Vous êtes méchant... Vous interprétez fort mal ma pensée.

— Je voudrais l'interprèter autrement, mais je sais que toutes les apparences me condamnent, et je comprends très bien que vous me traitiez comme un dépensier, aimant par-dessus tout le plaisir et... l'argent qui le procure.

— Au contraire, je vois souvent, dans les livres que je lis, que l'excès en toutes choses est la meilleure des écoles pour ramener ensuite à la modération. La vie modeste que vous menez maintenant à Saint-Hilaire, auprès de Madame votre mère, ne prouve-t-elle pas ce que j'avance ?... D'ailleurs, maman le disait encore l'autre jour, en faisant, je crois, allusion à vous : les jeunes gens qui, à vingt ans, ont un peu fait la noce — c'est ainsi que vous dites, n'est-ce pas ? — sont plus tard les maris les plus rangés et les pères de famille les plus dévoués.

— ... Quand ils peuvent se marier, acheva Mérandal. Mais, comme les prodigalités excessives n'ont jamais enrichi personne, les jeunes gens qui ont trop fait la fête à vingt ans se trouvent souvent, faute de dot, condamnés au célibat perpétuel.

— On se marie donc pour être riche ?...

— Presque toujours.

— Et l'amour, qu'en fait-on ? risqua timidement Marcelle.

— De nos jours, répondit Max, l'amour compte fort peu. En tous cas, les parents qui sont là affirment-ils, pour veiller sur les entraînements du cœur de leurs enfants, n'y apportent pas grande attention. Et les jeunes gens eux-mêmes paraissent s'en préoccuper médiocrement.

— ... Les hommes peut-être, mais pas les jeunes filles... J'en connais, moi, qui ne se laisseront guider dans le choix d'un mari que par leur cœur...

— ... Et qui, riches, épouseraient un garçon pauvre qui leur plairait ?...

— Assurément ! murmura-t-elle en baissant les yeux.

Mérandal éprouva un certain embarras et ne trouva rien à dire.

— Tiens, voici maman qui sort du salon avec M. Leborgne et M. Frelon, reprit tout à coup Marcelle, je vais la prévenir que vous êtes ici.

Et elle s'échappa en courant, heureuse d'avoir trouvé ce prétexte pour cacher son émotion.

Après avoir reconduit le notaire et l'avoué jusqu'à la grille, Mme Burguet revint bientôt, accompagnée de sa fille, vers le sapin sous lequel Mérandal s'était discrètement dérobé aux regards de Leborgne.

— Il paraît que vous êtes ici depuis quelques instants, dit-elle, je vous demande pardon, je n'en savais rien...

— En vous attendant Madame, nous avons très bien occupé notre temps, répondit le baron. Nous nous sommes livrés, Mlle Marcelle et moi, à une discussion philosophique du plus haut intérêt, et j'ai constaté avec plaisir que votre élève avait largement profité de vos leçons.

— Pourquoi vous moquer de moi ?... Vous savez bien que mes leçons étaient insuffisantes pour faire de Marcelle une jeune fille instruite... comme elles le sont toutes maintenant. Mais les revenus dont je disposais alors ne m'ont pas permis de faire mieux.

— Je répète que le résultat obtenu me paraît tout à fait satisfaisant. Vous n'avez pas doté votre fille d'une érudition toute superficielle... Vous lui avez donné du bon sens : c'est infiniment préférable.

— Ah ! Messieurs, comme vous êtes bien tous les mêmes ! s'écria Mme Burguet. Quand vous rencontrez une jeune fille et que, par hasard, vous lui faites la cour...

Puis, s'interrompant :

— Marcelle, va donc prévenir ta grand'mère que M. de Mérandal est ici.

Et lorsque la jeune fille se fut éloignée :

— Quand vous rencontrez, disais-je, une jeune fille qui vous plaît, ce que vous admirez d'abord en elle, c'est sa beauté, sa grâce, son élégance... Vous avez même l'audace de prétendre que vous ne pouvez admirer que cela, c'est-à-dire les qualités qui font à la fois la faiblesse et le charme de notre sexe. Mais, si vous épousez cette jeune fille, vous n'aurez pas vécu quinze jours à côté d'elle, que vous la trouverez sotte, incapable de vous comprendre, trop pot-au-feu... et de bonne ou de mauvaise foi, vous vous croirez autorisé à aller chercher ailleurs les distractions... intellectuelles qui vous manqueront.

— Il me semble, Madame, dit Mérandal, que vous abusez un peu de votre caractère pour accabler, dans ma modeste personne, tous les hommes... d'autant plus qu'il m'est difficile de prendre devant vous leur défense : je sais que vous avez de trop bonnes raisons pour ne pas aimer le sexe fort...

— Oh ! l'être auquel vous faites allusion est, heureusement, une exception. Celui-là est un monstre...

— Vous êtes dure...

— Non, non, un vrai monstre, vous dis-je... Je reconnais, d'ailleurs, qu'il y a des exceptions d'un autre genre et que certains hommes savent apprécier la femme à ses justes mérites.

— J'enregistre l'aveu avec plaisir, car cela permet d'espérer que certaines jeunes filles pourront trouver des maris capables de les comprendre et de rendre justice à leurs qualités.

— Vous parlez, insinua Henriette, comme si vous en connaissiez dans votre entourage quelques-uns ou quelques-unes...

Elle s'arrêta et ils se regardèrent, cherchant à deviner leur pensée, un peu surpris et troublés tous les deux de s'être engagés dans cette grave discussion.

Après un silence embarrassant, Max reprit :

— Au point où nous en sommes nous pourrions peut-être cesser de parler par allusions et par sous-entendus.

— Si vous voulez...

— En disant tout à l'heure que certaines jeunes filles douées, d'ailleurs, de toutes les qualités qui en feraient des épouses modèles, pouvaient fort bien rencontrer des maris réalisant leur idéal, je pensais, en effet, d'une façon toute spéciale à Mlle Marcelle et...

— ... Et l'idéal auquel vous songiez pour elle, c'était... vous ?

— En posant ainsi la question, Madame, vous m'empêchez d'y répondre... vous ne pouvez pas exiger que je me rende ridicule à mes propres yeux.

— Puisque nous avions décidé de parler en toute franchise, j'ai cru pouvoir appeler les choses par leur nom... Je reconnais que l'expression a un peu dépassé ma pensée... Pardon... Mais, voyons, nous pourrions peut-être tout de même, nous expliquer nettement sur cette... question.

— Je ne demande que cela.

Après s'être recueillie une minute, Henriette poursuivit :

— Donc, si j'ai bien compris, vous aimez ma fille et vous venez me prier de vous accorder sa main... Croyez, Monsieur, que je suis extrêmement flattée de votre démarche. Mais, avant de vous répondre, permettez-moi de discuter froidement l'affaire avec vous... Pour qu'un mariage puisse se conclure dans les conditions normales, il est nécessaire, vous le savez, que l'accord règne, non seulement entre les jeunes gens mais aussi entre les parents.

Examinons le premier point : Marcelle vous aime-t-elle ? Je ne puis rien dire à cet égard et il est probable qu'elle-même, vu sa jeunesse et son inexpérience, ne saurait que répondre si on lui posait cette question. En second lieu, Mme de Mérandal approuve-t-elle cette union ?

— Je ne l'ai pas encore consultée à ce sujet, balbutia Max à demi-voix.

— Moi, je n'hésite pas à affirmer que son avis serait défavorable. Nous n'appartenons pas au même monde, nous avons des idées opposées sur toutes choses, enfin la malignité publique me prête une conduite... équivoque. Voilà autant de raisons pour que Mme de Mérandal refuse de vous laisser épouser ma fille.

Le baron demeura un instant perplexe.

— Je suis majeur, dit-il enfin, je n'ai de comptes à rendre à personne.

— Oh ! tout de suite les grands moyens !... Je vous en prie, n'en parlons pas : je ne m'y prêterais pas.

— Eh bien ! je me fais fort d'arriver, par la prière ou la... menace, à fléchir ma mère, si par hasard, elle manifestait quelque opposition.

— En tous cas, avant de commencer votre campagne, vous pouvez attendre...

— D'où je conclus, interrompit Mérandal, que les difficultés les plus graves ne viendront pas du côté de ma mère.

Henriette hésita une minute, puis prenant son parti :

— C'est vrai, dit-elle, la loyauté m'oblige à vous faire comprendre tout de suite que vous ne devez pas compter sur Marcelle...

— Pourquoi ?... Je vous déplais?...

— Vous nous... vous me plaisez au contraire beaucoup.

— Alors, c'est mon manque de fortune qui vous effraie ?... Vous savez que je me suis ruiné par de sottes prodigalités et vous craignez que je n'aie conservé des habitudes de dissipation.

— Oh ! les folies de jeunesse sont plutôt une garantie pour l'avenir... Non, le seul motif de mon refus, c'est que je ne veux pas encore marier ma fille. Elle est trop jeune, elle n'est pas suffisamment formée, ni physiquement ni moralement. Comme je le disais tout à l'heure, il est probable que, si on la consultait sur ses dispositions à votre égard, elle ne saurait que répondre. Ou, si elle se prononçait en votre faveur, — chose très possible, car vous avez dû faire sur elle une certaine impression, — elle le ferait à la légère, sans se rendre compte de ses véritables sentiments. Or, je dois protéger mon enfant contre les surprises de son inexpérience.

— On dirait vraiment que je suis un vulgaire séducteur ou un coureur de dot.

— Je n'ai jamais insinué une chose pareille, et je songe d'autant moins à vous accuser de courir après une dot, qu'à mon avis, votre apport serait égal à celui de ma fille : un nom vaut de l'argent... Mais c'est justement parce que la perspective de devenir baronne de Mérandal constitue un très puissant attrait, que je dois mettre Marcelle en garde contre cet entraînement... Plus tard, lorsqu'elle sera plus âgée et plus formée, elle se prononcera comme elle l'entendra, je la laisserai libre... En attendant, mon devoir est de veiller sur elle...

— L'espoir que vous me laissez est bien vague, bien lointain... Me promettez-vous au moins de ne pas me desservir ?

— Je vous le promets, et avec d'autant plus de sincérité que vous m'êtes tout à fait sympathique.

Max baissa les yeux modestement.

— Moi, Madame, reprit-il, la sympathie affectueuse que j'ai pour vous, je rêvais de la fortifier, de la resserrer par des liens plus étroits...

Après une seconde d'ahurissement, Henriette éclata de rire.

— Ah ! Ah ! avouez-le, ce serait trop drôle de vous entendre m'appeler : « Maman ». Belle-maman, d'abord ! Bientôt, grand-maman !

Mérandal comprit — trop tard — qu'il venait de commettre une maladresse irréparable : on ne rappelle pas impunément à une femme de trente-quatre ans qu'elle pourrait être grand'mère. Ne trouvant rien pour réparer honorablement sa bévue, il bégaya quelques excuses banales et se leva pour partir :

Mme Burguet lui tendit la main très gentiment.

— Je vous demande pardon, murmura-t-elle, d'avoir été si... sévère. Mais j'espère que vous n'en emportez aucune rancune contre moi.

— Aucune, Madame, d'ailleurs l'avenir me reste.

— Evidemment... et l'on vit d'espérance.

IX

De plus en plus aigri par sa solitude, Vauxchamp s'était décidé, malgré l'opposition de Joseph, à s'occuper sérieusement d'agriculture. L'époque y prêtait. On était en pleine moisson, période toujours chère au cœur du propriétaire. Du reste, Robert commençait depuis quelque temps à sentir vibrer en lui cette fibre de la propriété qui se développe toujours tôt, ou tard, au contact de la vie rurale. Sa prudence, son activité, sa défiance aussi s'en étaient singulièrement accrues. Il n'allait plus dans les champs en amateur, mais en homme pratique, qui regarde, contrôle, s'intéresse à tout. Il ne revoyait plus ses comptes d'un œil distrait, comme on remplit une formalité sans importance, mais en homme avisé et défiant qui tient à n'être pas volé.

Et après avoir fait et refait vingt fois tous ses calculs, il arriva à cette conclusion consolante : qu'il aurait cette année un revenu bien supérieur aux années précédentes, quoique la récolte fût moins bonne.

— Ah ! Joseph ! mon vieux Joseph ! s'était dit alors l'ex-sous-préfet, ne serais-tu qu'un voleur ?... Bah ! je ne veux pas le savoir... D'ailleurs, le passé est le passé... Passons l'éponge !... Mais désormais je veillerai...

... Une après-midi que Vauxchamp se reposait de ses courses du matin en lisant un roman au bord de la Moulière, la femme de chambre vint le prévenir que M. Burguet désirait lui parler.

Vivement intrigué, le jeune homme quitta aussitôt son banc de gazon et se dirigea vers le salon où le visiteur l'attendait.

— Je suis heureux de vous voir, Monsieur, dit-il en entrant, mais je suis également fort surpris : je me demande ce qui me vaut l'honneur...

— Il est bien vrai, Monsieur, répondit l'agent d'affaires, que, tout en ayant une visite à vous rendre, j'aurais sans doute remis à plus tard l'accomplissement de ce devoir, tant je suis accablé de travail en ce moment, si une créance qui vous concerne ne m'avait obligé à vous entretenir tout de suite...

— Une créance ! s'écria Robert étonné, vous devez faire erreur, car je ne suis en compte avec personne, sauf avec mes fournisseurs de Saint-Hilaire, et pour des sommes insignifiantes.

— Oh ! la somme n'est pas non plus très importante... Il s'agit d'une vingtaine de mille francs, representés par des billets souscrits à un certain M. Ducret, marchand de bois à Paris. Ces billets ne sont payables qu'à la fin d'avril prochain, c'est-à-dire dans plus de huit mois. Mais M. Ducret ayant actuellement de fortes échéances m'a prié de lui avancer cet argent. J'y ai consenti et je me trouve présentement en possession des susdits billets. Si vous vouliez les payer maintenant, je pourrais vous faire bénéficier d'un escompte fort appréciable, sans abandonner tout mon gain. Excusez-moi si je prends la liberté de vous faire cette offre... C'est par amitié pour vous que j'ai songé à cette combinaison, et il me semble que vous avez tout intérêt à l'accepter... Je vous rendrais les traites contre un versement immédiat de 19.000 francs, tandis qu'il vous faudra à l'échéance débourser 20.000 francs, plus les intérêts échus depuis la mort de votre père...

Vauxchamp avait laissé l'agent d'affaires débiter tout son boniment sans l'interrompre. Lorsqu'il eut terminé, le jeune homme dit simplement :

— Je vous suis très reconnaissant, monsieur Burguet, de la marque de bienveillance que vous venez de me donner. Mais, quelque avantageuse que soit votre ingénieuse combinaison, j'aurai le regret de n'en pas profiter... pour l'excellente raison que cette merveilleuse histoire ne me concerne en aucune façon.

En présence d'une affirmation aussi nette, Aristide Burguet fit semblant d'avoir quelque hésitation.

— Cependant, reprit-il au bout d'un instant, je crois toute confusion impossible. J'ai chez moi les billets lisiblement signés : Jacques de Vauxchamp, le nom de votre père, si je ne me trompe... Tenez, vous pouvez prendre connaissance de la copie que j'en ai faite.

— C'est inutile, déclara sèchement Robert en repoussant le papier que lui tendait son interlocuteur. Ou vous êtes fou, ou vous avez fabriqué de toutes pièces ces billets pour me faire payer une dette imaginaire. Si mon père, à sa mort, eût eu quelque emprunt à rembourser, je l'aurais su en prenant possession de sa succession ; et, de plus, son créancier, s'il eût existé, ne serait pas resté plusieurs années sans réclamer... Or, jusqu'à présent, je n'avais entendu parler de rien...

— Vos arguments sont, en principe, parfaitement justes, répliqua l'agent d'affaires, et vous me paraissez sincère en niant cette dette, mais ça ne l'empêche pas d'exister... Il faudra bien que vous vous rendiez à l'évidence... car il est absurde de supposer que les pièces dont je parle ont été fabriquées par un audacieux faussaire : on ne risque pas les travaux forcés pour une pareille bêtise... Enfin, vous avez encore du temps devant vous, vous pouvez réfléchir... Quand vous serez décidé, je serai comme aujourd'hui à votre disposition... En attendant, Monsieur, j'ai bien l'honneur de vous saluer.

— Montrez un peu cette copie, fit Vauxchamp d'un ton maussade.

— Si vous voulez passer chez moi, je peux mettre sous vos yeux les originaux.

— Alors... ces billets existent bien réellement ?

— Vous pouvez me croire, puisque je vous l'affirme.

— Comment vous êtes-vous trouvé en relations avec ce M. Ducret ?

— Très naturellement. Je fais un peu de banque. Ducret est mon correspondant sur la place de Paris. Un soir que je dînais chez lui, il y a cinq ou six semaines, il me parla du prêt qu'il avait consenti jadis à M. votre père, — bien à la légère, il faut l'avouer, puisque ce prêt n'est garanti que par de simples billets à ordre, — il se plaignit de n'avoir pas reçu les intérêts depuis plusieurs années et me demanda si je croyais que son débiteur fût en état de le payer à l'échéance.

« Je lui répondis, comme vous le faisiez remarquer tout à l'heure, qu'il avait été bien imprudent en ne réclamant pas plus tôt et je lui appris que vous aviez hérité de votre père, mais que cela n'enlevait rien à la valeur de sa créance et que vous feriez certainement honneur à la signature de votre père.

« Enfin, Ducret m'ayant exposé qu'il traversait une crise terrible et qu'il avait besoin d'argent immédiatement, je lui offris de lui avancer le montant de ces billets, ce qu'il accepta avec empressement. Vous pensez bien que je ne l'aurais pas fait, si je n'avais pas connu votre parfaite honorabilité, votre... incontestable solvabilité.

« Voilà, Monsieur, la vérité sur cette affaire... Et il me semble que vous ne pouvez pas m'en vouloir d'être venu vous offrir une... combinaison qui est avantageuse surtout pour vous.

Vauxchamp avait réfléchi, s'était ressaisi. Il haussa les épaules et dit :

— Le conte ne tient pas debout, Monsieur Burguet, je regrette que vous vous soyez donné tant de mal pour l'échafauder... Je ne comprends pas, d'ailleurs, que, rusé comme vous l'êtes, vous n'ayiez pas flairé le danger que vous courez en vous engageant dans cette voie...

— Monsieur, je suis venu vers vous en ami, avec l'intention de vous rendre service... Vous m'en récompensez bien mal...

— Je ne peux pourtant pas vous être reconnaissant de ce que vous avez cherché à me voler...

— Permettez, interrompit sèchement Burguet, je ne suis pas ici pour me faire traiter d'escroc... Je me retire... Et nous verrons dans six mois ce que deviendront vos fanfaronnades.

Robert eut une minute d'hésitation. Ce toupet lui en imposait.

« Tout de même, si l'histoire était vraie ! » pensa-t-il.

Et voulant se ménager une porte de sortie :

— Ne vous fâchez pas, reprit-il, nous reparlerons de tout cela un de ces jours... Je passerai chez vous, vous me montrerez les pièces... Seulement, je vous préviens tout de suite... En admettant que la créance existe, je ne vois pas du tout où je pourrais trouver de quoi la payer.

— Oh ! cela, fit l'agent d'affaires en riant, ce n'est pas ce qui serait le plus embarrassant.

— Pardon, ce serait au contraire très embarrassant pour moi... Je n'ai que ma propriété qui me rapporte cinq à six mille francs... Ce n'est pas avec des revenus aussi maigres qu'on parvient à réunir vingt billets de mille.

— Bah ! vous avez des amis, des voisins très riches pour lesquels vingt mille francs sont une bagatelle et qui se feront un plaisir de vous prêter cette somme.

— Mes amis d'autrefois m'ont tourné le dos.

— Parce que vous avez été fonctionnaire de la République ?

— Oui, d'abord... ensuite parce que j'ai fait de trop fréquentes visites à Maison-Rouge.

— Alors, adressez-vous là. Mme... Lebaire, qui est maintenant très riche, doit avoir des fonds à placer.

— Je verrai, j'examinerai, balbutia Robert en tendant la main à son interlocuteur.

— A bientôt ! répondit Burguet en s'inclinant.

Une heure plus tard, l'agent d'affaires était dans le cabinet de Me Leborgne.

— Eh bien ? interrogea ce dernier.

— Tout va à merveille, riposta fièrement Aristide Ce pauvre Vauxchamp marchera, et comme il n'a pas le sou, il empruntera l'argent. Très probablement, c'est à mon ex-femme qu'il s'adressera, et celle-ci te le renverra, puisque tu as la garde de ses fonds et de ses intérêts... Encore une petite affaire dans laquelle nous allons pouvoir barboter tout à notre aise.

Le notaire hocha la tête d'un air indécis.

— En vérité, murmura-t-il, je ne comprends rien à ta manière d'agir. Depuis que le père Gerbet a laissé ses millions à cette bonne Henriette, tu gémis sans cesse et tu voudrais trouver un moyen de te rapprocher d'elle, légalement ou non, afin de palper la forte somme. Et en attendant que ce désir se réalise, si toutefois il est réalisable, tu me fais employer à tort et à travers, les fonds provenant de la succession, pourvu qu'il y ait un petit bénéfice immédiat... Il y a une contradiction inexplicable : tu travailles contre toi-même.

— Mais, pas du tout, mon cher ami. D'abord, les nécessités de l'existence m'obligent pour le moment à parer au plus pressé et à me contenter de tout ce que je peux attraper. En second lieu, si le plan que je prépare contre Henriette ne réussit pas, les petits prélèvements que j'opère actuellement seront toujours autant de pris : l'héritage du père Gerbet n'aura pas été entièrement perdu pour moi... Hein ! Qu'as-tu à répondre à cela ?

— Rien, fit Leborgne, je m'incline, tu es, mon maître... Allons, laisse-moi, j'ai à travailler... A ce soir, au cercle !

X

Depuis qu'Henriette avait hérité de cinq millions, Burguet ne dérageait pas.

— « Ah ! si j'avais su, répétait-il à tout propos, comme je me serais tenu tranquille, au lieu de donner des prétextes à ce maudit divorce !... La voilà riche, elle, maintenant, vivant dans l'abondance, entourée de considérations équivoques, en proie à d'inextricables difficultés !... Cette différence de régime est, d'ailleurs, d'une iniquité révoltante... Pendant douze ans, nous avons tiré le diable par la queue ensemble... N'est-il pas de toute justice que nous partagions aujourd'hui les avantages de la situation nouvelle ?... La réponse n'est pas douteuse... Henriette devrait donc me permettre de reprendre ma place à son foyer... Nous nous remarierions, voilà tout !... Pourquoi pas ?... Le mariage aurait même, cette fois, le précieux privilège d'être indissoluble : je serais sûr au moins de mettre mes vieux jours à l'abri du besoin. »

Cette idée avait germé, dès le premier jour, dans l'esprit d'Aristide. Il y réfléchit, s'y habitua, se laissa peu à peu subjuguer par elle, à tel point qu'elle lui parut bientôt tout à fait réalisable.

« Si j'essayais, se disait-il. En admettant que j'essuie un refus, je n'en mourrai pas... Pour cinq millions, on peut bien risquer une rebuffade... »

En attendant, l'agent d'affaires, nous l'avons vu, prenait quelques acomptes sur l'héritage du père Gerbet, de concert avec son ami Leborgne, à qui Henriette avait eu l'imprudence de laisser la libre disposition de tous les capitaux. Mais, ces maigres broutilles ne pouvaient pas satisfaire son appétit.

Et, un beau jour, il se décida à tenter l'audacieuse démarche dont le projet lui trottait par la tête depuis six mois.

Lorsque Burguet, revêtu de ses plus somptueux atours, se présenta à la grille de Maison-Rouge, la femme de chambre qui vint à son coup de sonnette ne put dissimuler un geste d'ahurissement.

— Monsieur désire ?... demanda-t-elle enfin.

— Parler à Mme... Burguet, répondit tranquillement Aristide.

La bonne resta silencieuse, perplexe.

Le visiteur profita de cette minute de répit pour examiner les embellissements qui étaient en train de transformer Maison-Rouge.

« C'est bon d'être riche, balbutia-t-il entre ses dents. Et je reconnais, d'ailleurs, que ma femme s'entend admirablement à se servir de sa fortune. »

La camériste, enfin décidée, interrompit ses réflexions.

— Si vous voulez entrer, dit-elle, je vais prévenir madame.

Burguet fut introduit dans le salon, où nulle trace ne subsistait du mesquin mobilier d'autrefois. Et devant le luxe déployé sous ses yeux, il ne put s'empêcher de répéter :

« Décidément, ma femme était née pour être riche... Elle a un goût, un chic, mais ça doit coûter joliment cher ces tapis, ces tentures, ces bibelots... »

Avant qu'il eût terminé son examen, Henriette apparut. Sans marquer la moindre émotion, elle le salua d'un air indifférent, lui montra un fauteuil et dit simplement :

— Vous avez manifesté, Monsieur, le désir de me parler... C'est probablement pour quelque question d'intérêt non réglée ?...

— Ah ! répondit Burguet avec un soudain élan, les questions d'intérêt importent bien peu, Henriette, quand le cœur est rempli, dévoré plutôt par un souci unique...

Elle le regarda, effarée, le crut fou, hésita à fuir.

— Non, de grâce, restez, poursuivit Aristide qui avait compris le sens de ce mouvement. Si je vous semble avoir perdu la tête, ma folie, du moins, n'est pas dangereuse... C'est vous, Henriette, qui l'avez fait naître... c'est la souffrance de vivre loin de vous qui m'a brisé, démoralisé...

Elle se recula avec un geste d'angoisse.

Il continua :

— Si vous saviez ce que c'est, Henriette, que d'être séparé, après douze ans de vie commune, d'une femme qu'on aime !... Ah ! non, décidément, le divorce est une absurdité... Une formalité judiciaire ne peut pas détruire des liens aussi forts que ceux du mariage...

— Vous n'en disiez pas autant lorsque le tribunal prononça notre séparation... Vous paraissiez fort heureux de voir rompus ces liens que vous aviez, d'ailleurs, singulièrement relâchés depuis quelques années.

— Oh ! parce qu'un égarement passager a pu me faire oublier, un instant, mes devoirs, faut-il donc que j'en subisse la peine pendant le reste de mes jours ?... Ne serait-il pas plus noble de votre part de m'accorder un généreux pardon ?...

— Il n'y a pas de pardon pour une conduite comme la vôtre. Je ne peux pas oublier que vous m'avez odieusement tyrannisée, vilipendée tant que vous avez été mon maître... Qu'en feriez-vous, d'ailleurs, de mon pardon ?...

— Je passerais ma vie à vous montrer que j'en suis digne. Vous admettez bien, n'est-ce pas ? qu'après la faute, on puisse se repentir... C'est mon cas actuellement... Transformé par les épreuves, mon cœur a pour vous la même adoration qu'au jour où je vous ai promis, dans notre premier baiser, de vous rendre fiddèlese, et je pourrais, comme ce jour-là, avec la moi, sincérité, faire, à genoux devant vous, le serment d'être désormais le mari le plus fidèle, le plus dévoué.

— Vous n'êtes qu'un menteur, s'écria Henriette, et votre mensonge est d'autant plus lâche qu'il est dicté par la cupidité. Vous seriez maintenant un mari fidèle et dévoué... parce que vous avez besoin de moi parce que je suis riche et que vous, malgré tous vos tripotages, vous êtes dans la misère... Et vous voudriez tout simplement prendre votre part de la fortune que je possède... Voilà toute la raison de votre prétendu repentir... Heureusement que je me souviens et que je connais la valeur de vos serments ! Ah ! non, j'aimerais mieux me tuer, vous entendez bien, me tuer, que de retomber jamais sous votre joug odieux... Jadis, je vous haïssais : maintenant, je vous hais et je vous méprise...

Pendant un instant, Burguet courba l'échine sous cette colère déchaînée. Puis, il se redressa, plein de f el.

— Après tout, je comprends, dit-il, que vous ne désiriez pas faire annuler notre divorce et vous rema-r er avec moi... Ce serait reconnaître que mes crimes ont été singu ièrement exagérés et avouer implicitement qu ayant beaucoup de reproches à vous faire vous êtes tenue envers moi à une certaine indulgence.

La jeune femme se contenta de hausser les épaules et se leva pour indiquer que l'entretien avait assez duré.

I continua pourtant

Agir ainsi, ce serait manquer d'habileté, compromettre votre réputation, en donnant au moins quelque apparence de raison à ceux qui l'attaquent. Vous préférez vous refaire une existence vertueuse, et honorable à l'abri du nom du comte de Vauxchampe dont vous aurez, de plus, le plaisir de redorer la couronne depuis si longtemps rouillée.

Henriette lui jeta un regard dédaigneux et murmura, les dents serrées :

— Je n'ai rien à répondre à de pareilles insinuations. Mais, j'en ai assez d'entendre vos insolences... Je vous prie de sortir ou j appelle mes domestiques.

— Ah ! ah ! vos domestiques !... Autrefois, Henriette, nous n'avions qu'une bonne à tout faire, souvent même qu'une femme de ménage. Maintenant, Madame a sa femme de chambre, son valet de pied... Que d'agréments donne la fortune... On s'entoure de luxe, d'abord, et on peut se permettre aussi d'être généreux envers ses amis malheureux... Le comte de Vauxchamp en sait quelque chose... Il paraît qu'il a déjà reçu vingt mille francs pour payer une dette arriérée... Et on dit également que le baron de Mérandal va pouvoir s'offrir deux chevaux pour son phaéton.

— J'ignore tous ces détails, répondit la jeune femme avec hauteur.

Et pour en finir, elle pressa le bouton de la sonnette électrique.

— Je regrette, Madame, conclut Burguet, que nous n'ayons pu nous entendre, c'eût été plus avantageux pour nous deux.

— Pour vous surtout.

— Pour vous aussi. J'eusse administré votre fortune que, seule, vous ne saurez pas garder. Je vous aurais mise à l'abri de certaines surprises...

Un domestique parut.

— Reconduisez Monsieur, ordonna Henriette.

L'agent d'affaires lança à la châtelaine un regard de haine et s'éloigna, en affectant une indifférence narquoise.

XI

Si Mme Burguet, par ses allures évaporées, avait pu parfois prêter le flanc à la médisance, elle n'en était pas moins restée attachée à son foyer, entièrement dévouée à son enfant. Et il est probable, qu'étant excellente mère, elle eût été également épouse irréprochable, si elle eût été mieux mariée. Délivrée de son boulet, elle n'avait aucune envie, bien entendu, de s'empêtrer de nouveau dans des liens dont le souvenir lui était odieux. Aussi la proposition de Burguet, dictée, d'ailleurs, par la plus basse convoitise, n'avait-elle aucune chance de trouver bon accueil auprès d'elle.

Toutefois, cette démarche, après lui avoir inspiré d'abord un profond dégoût, l'amena ensuite à faire sur elle-même de salutaires réflexions.

Si son ex-mari avait cru pouvoir se comporter envers elle avec tant de cynisme, c'était probablement parce qu'elle avait donné jadis prise à la critique par sa conduite sinon légère, du moins équivoque... De même que, si Vauxchamp avait refusé de l'épouser, c'était certainement parce qu'il avait recueilli sur son compte des renseignements défavorables.

Ah ça !... Cette mauvaise réputation que rien ne justifiait,.. non, rien... allait-elle la poursuivre indéfiniment, empoisonner toute sa vie, l'exposer à des entreprises révoltantes comme celle tentée par Aristide ; la priver, sans espoir, de l'affection du seul homme qu'elle eût été heureuse et fière d'épouser ?...

Mais, voyons, Burguet n'avait-il pas dit : « Il paraît que le comte de Vauxchamp a déjà reçu de vous vingt mille francs pour payer une dette arriérée ? »

Cette insinuation, dont l'intention méchante était évidente, signifiait clairement que Robert avait besoin d'emprunter pour payer une dette ancienne, et que cet emprunt il avait eu des velléités de le réaliser du côté de Maison-Rouge. Or, jusqu'à présent, il n'avait pas donné signe de vie... Par discrétion, sans doute ?... Le pauvre garçon n'osait pas se présenter dans une maison dont il s'était fermé lui-même la porte... et peut-être par suite de cette réserve excessive, se trouvait-il aux prises avec d'insurmontables difficultés ?...

Cette douloureuse évocation fit saigner le cœur d'Henriette — ce cœur qui, en dépit de l'absence de Vauxchamp était plus que jamais plein de son image.

Elle se dit :

— Puisqu'il est trop timide pour venir ici solliciter ce service, c'est à moi d'aller au devant de ses désirs... J'irai le trouver, je lui offrirai cet argent, si délicatement, si amicalement que... je l'obligerai à accepter.

Elle n'osa pas s'avouer, par exemple qu'elle était encore moins heureuse de pouvoir rendre service à Robert que d'avoir ce prétexte de le revoir.

Ce projet hanta la jeune femme pendant dix jours, avant qu'elle se décidât à l'exécuter. Enfin, son cœur l'emporta sur ses scrupules. Une après-midi, elle fit atteler à son panier un poney qu'elle conduisait elle-même et partit seule pour Vauxchamp.

Bien qu'on fût au milieu d'octobre, la chaleur était encore forte. Robert, qui avait couru toute la matinée après un gibier imaginaire, était rentré vers midi, éreinté. Et après le déjeuner, il s'était allongé sur un divan dans son cabinet de travail, pour se reposer un peu.

Lorsqu'Henriette arriva, la vieille Jeanne, très étourdie, n'eut pas l'idée de l'introduire d'abord au salon et d'aller ensuite prévenir son maître. Pensant que celui-ci était, comme d'habitude, occupé à lire ou à écrire, elle frappa à la porte du bureau, et sur la réponse : « Entrez », ouvrit, en s'effaçant pour laisser passer la visiteuse.

En apercevant la jeune femme, Vauxchamp fut debout en un clin d'œil.

— Je vous demande mille pardons de vous recevoir dans cette obscurité, balbutia-t-il en s'empressant pour ouvrir les volets.

— C'est à moi surtout de m'excuser du dérangement que je vous cause.

— Mais, pas du tout... Donnez-vous la peine de vous asseoir.

Il y eut une minute d'attente légèrement embarrassante.

Enfin, brusquant l'entrée en matière :

— Vous ne vous attendiez pas à me voir ici, n'est-ce pas ? dit-elle.

— Je l'avoue, Madame.

— Craignant que vous n'ayiez conservé un mauvais souvenir de notre dernière entrevue, j'ai voulu savoir si mon inquiétude était justifiée... Pourquoi ne venez-vous plus jamais à Maison-Rouge ?...

— Il me semble que c'était convenu entre nous... Vous m'aviez donné à choisir entre cela et...

— Oh ! interrompit-elle... je ne pensais pas que vous prendriez à la lettre cette alternative... Dans tous les cas, s'il y eut entre nous la convention que vous dites, c'est moi, vous le voyez, qui y déroge la première... Ne croyez pas que c'est pour reprendre la malencontreuse discussion qui nous a brouillés ce jour-là... Non, mais... j'ai appris, par hasard, que vous aviez des ennuis d'argent, et j'ai cru que notre intimité précédente me permettait... Oh ! tout le monde en a de ces ennuis-là, ajouta-t-elle en lui voyant faire un geste d'impatience. Moi-même, si vous saviez combien j'ai de tracas en ce moment avec cette succession !... Tous les jours, le notaire m'apporte à signer des actes et toutes sortes de pièces auxquelles je ne comprends rien... et quand je lui demande de me mettre au courant de la situation, il me répond que je ne dois pas m'inquiéter, que tout est en ordre, qu'il place ma fortune en prêts hypothécaires... En attendant, je ne sais trop où passe l'argent et j'ai toutes les peines du monde à attraper de temps à autre dix ou quinze mille francs... Entre nous, Me Leborgne m'a l'air d'un brouillon.

— C'est aussi l'impression qu'il me donne, murmura Robert en souriant... Soyez convaincue, Madame, que je compatis beaucoup à toutes vos contrariétés. Mais je ne vois pas du tout quel rapport il peut exister entre les vôtres et les miennes.

— Cependant, on m'a dit... on m'a laissé entendre que vous éprouviez quelques difficultés à régler la succession de monsieur votre père.

— La personne qui vous a dit cela est mal renseignée, Madame...

— Ah !... fit-elle désappointée... Alors, la combinaison que je désirais vous offrir n'a plus de raison d'être... J'avais supposé qu'en attendant vos règlements de comptes vous aviez peut-être besoin d'argent pour votre exploitation et je me proposais de vous faire cette avance... Remarquez que dans cette combinaison, il y avait de ma part un peu d'égoïsme... je m'imaginais que cette occasion vous permettrait de voir comment le notaire sert mes intérêts... Je suis tellement inexpérimentée...

— J'aurais été heureux, Madame, de vous rendre ce petit service. Mais le prétexte que vous invoquez n'existant pas, je ne peux guère de but en blanc me mettre à surveiller la personne chargée de vos affaires... D'ailleurs, vos craintes ne sont peut-être pas fondées.

Henriette poussa un soupir et demeura silencieuse.

— Seulement, continua Robert, je dois vous faire observer, Madame, qu'en m'offrant quelques billets de mille francs, vous recommencez la tentative qui a déjà brisé nos relations, vous remettez sur le tapis cette éternelle question d'argent qui est entre nous une barrière infranchissable.

La jeune femme baissa les yeux, réfléchissant.

— Voyons, reprit-elle au bout d'un instant, notre conversation s'égare dans des formules vagues. Jouons franc jeu... J'ai su tout bonnement que vous aviez une dette à rembourser dans quelques mois et que vous ne pouviez le faire sans emprunter...

— Et vous êtes tout de suite accourue à mon secours... Oh ! je sais bien que vous avez trop bon cœur pour que la seule satisfaction d'obliger quelqu'un ne suffise pas à déterminer votre générosité... Mais, avouez-le, dans votre élan de charité, il y avait une arrière-pensée...

— Je le nierais que vous ne me croiriez pas, balbutia-t-elle très troublée.

— Je vous ai pourtant dit déjà que, dans les conditions actuelles, je considérais notre union comme impossible.

Ils se regardèrent avec embarras et se turent.

— Quant à l'affaire dont vous venez de parler, poursuivit enfin le jeune homme, j'avoue qu'elle ne me préoccupe pas outre mesure. Car en admettant que cette dette existe, je ne la rembourserai toujours pas maintenant. Au premier moment où j'en ai eu connaissance, grâce à l'obligeance de... M. Burguet...

— C'est lui qui m'a mise également au courant...

— Ah !... Au premier moment, dis-je, j'ai refusé de croire à cette légende. Ensuite, devant l'assurance de Burguet, je me suis laissé aller à ajouter foi à son récit et j'ai songé effectivement à contracter un emprunt pour me libérer immédiatement.

— Vous voyez !...

— Mais, depuis, je me suis ressaisi, et, flairant là-dedans quelque louche machination, j'ai résolu d'opposer tout bonnement la force d'inertie... à tel point que je ne me suis même pas dérangé pour aller vérifier l'authenticité de la créance, ainsi que j'avais promis de le faire.

— Cette défiance me paraît tout à fait sage, approuva Henriette, car cet individu est capable de tout. Si vous saviez ce qu'il a eu l'audace de venir me demander...

— Pourrait-on le savoir, Madame ?

Sans se faire prier, la jeune femme raconta aussitôt, avec un accent d'indignation, la tentative que Burguet avait faite auprès d'elle dix jours auparavant. Mais, contrairement à ce qu'elle espérait, cela n'eut pas l'air d'émouvoir beaucoup Vauxchamp, qui se contenta d'exprimer en quelques mots, d'une honnête banalité, le profond dégoût que lui inspirait un pareil procédé.

Puis, il y eut un nouveau silence, fort embarrassant.

Comprenant enfin que sa visite n'avait aucune raison de se prolonger davantage, Henriette se leva pour partir.

— Ma démarche, murmura-t-elle, n'aura pas le résultat que je m'étais proposé, mais laissez-moi espérer qu'elle ne sera pas tout à fait inutile et qu'elle vous donnera un prétexte de ne pas... abandonner complètement Maison-Rouge.

— Sur ce point, Madame, il m'est impossible de vous répondre d'une manière précise...

— Réfléchissez encore, vous verrez à faire pour le mieux, conclut-elle en sortant pour regagner sa voiture.

Après avoir fait quelques pas en silence à côté d'elle, Robert reprit tout à coup :

— Voulez-vous me permettre de vous donner un conseil ?...

— Dites... Lequel ?

— Défiez-vous de votre notaire autant que de votre mari.

La jeune femme eut un geste d'insouciance.

— Bah ! fit-elle, que m'importe d'être volée, puisque la fortune ne me donne rien de ce que je désire, puisque la richesse ne m'empêche pas d'être dédaignée, méprisée de tous...

Il n'osa pas relever l'insinuation. Mais en regardant timidement Henriette, il crut apercevoir une larme trembler à sa paupière..

— Au revoir !... A bientôt, peut-être ! balbutia-t-il en serrant avec une cordialité plus affectueuse la main qu'elle lui tendait.

Elle se retourna brusquement, sauta dans la voiture et rendit les rênes au poney qui s'impatientait, en disant d'une voix brève : « Allez ! »

Vauxchamp la vit disparaître au détour de la route, poussa un soupir et rentra chez lui, maussade.

— Allons, murmura-t-il en lui-même, pour aujourd'hui, je suis encore sorti vainqueur de l'épreuve, mais qu'arrivera-t-il une autre fois ?

XII

Le deuxième lundi de novembre, premier jour de réception de Mme de Mérandal, il ne fut question entre toutes les bonnes amies que de la prochaine installation de Mme Burguet à Paris. Cette nouvelle sensationnelle, qui faisait depuis deux jours les frais de toutes les conversations, avait achevé, il faut le dire, de concilier à la jeune femme les bonnes grâces du clan aristocratique de Saint-Hilaire.

Habitués auparavant à considérer Mme Burguet comme une personne peu recommandable, les hobereaux du pays, en la voyant soudain très riche, n'avaient éprouvé d'abord que de la jalousie et partant de la répulsion envers cette parvenue que sa fortune élevait à leur niveau, sinon au-dessus d'eux. Mais cette première impression s'était promptement modifiée.

Henriette, montrant en cela qu'elle était digne de sa position nouvelle, avait su tout de suite, par son tact, son élégance discrète, ses allures exemptes de morgue, dissiper les défiances et calmer les susceptibilités des gens qui dirigeaient l'opinion à Saint-Hilaire.

Ne négligeant rien, d'ailleurs, de ce qui pouvait la rendre populaire, elle se mit, d'autre part, à faire aux pauvres de la région de magnifiques largesses.

L'abbé Lachapelle, l'archiprêtre de Notre-Dame, qui servait souvent de canal à ses libéralités, vanta partout sa bonté, sa générosité inépuisables. Et comme la noblesse voit dans la charité, sinon une vertu, du moins une élégance, l'enrichie de la veille bénéficia de cette bonne note.

— Croyez-vous, chère Madame, disait la comtesse du Bossage avec admiration, que Mme Burguet a fait distribuer, le jour de la Toussaint, cinq cents francs de pain aux pauvres de la paroisse de Saint-Michel.

— C'est une jolie somme, riposta Mme de Mérandal avec une sourde amertume. Elle aurait pu, évidemment, ne pas se montrer aussi généreuse... quoique son mérite soit singulièrement diminué par ce fait qu'elle ne connaît pas encore très bien la valeur de l'argent.

— En tous cas, objecta Mme de Saint-Servais, revenue depuis peu des bords du Léman, elle pourrait employer sa fortune beaucoup plus mal.

— Sans doute...

— Au surplus, ajouta Mme de Tarade, elle sait faire la charité sans ostentation, sans y chercher une satisfaction de vanité. Il convient de l'en féliciter hautement. En somme, cette jeune femme me paraît valoir mieux que sa réputation.

L'opinion de la marquise de Tarade faisait autorité dans le cénacle, où sa largeur de vue, la solidité de son bon sens, la modération de ses jugements étaient fort appréciées. C'était elle qui, de concert avec Mme de Saint-Servais, avait donné l'exemple de la réaction en faveur d'Henriette, et si Mme de Mérandal, dont l'hostilité était fortifiée par des raisons personnelles, résistait à l'impulsion donnée par elle, toutes ses autres amies commençaient à suivre le mouvement.

Au moment où la marquise achevait de faire l'éloge de la châtelaine de Maison-Rouge, la vicomtesse Dufour entra dans un froufrou de soie.

— Vous parliez de Mme Burguet, n'est-ce pas ? commença-t-elle à peine assise, c'est une femme distinguée et qui sera bientôt une vraie mondaine, si

J'en juge par les renseignements que je viens de recueillir sur le luxe de son installation à Paris. Me Léborgne, que je quitte à l'instant, m'a fourni les détails les plus précis sur tout cela...

Il y eut un : « Ah ! » de curiosité générale.

— Il paraît, continua Mme Dufour, d'un air important, que Mme Burguet a loué, avenue Marceau, un appartement de quinze mille francs, qu'elle est en train de faire meubler richement. Pour cette première dépense, le notaire lui a fait parvenir une somme de cinquante mille francs, et, chaque mois, il doit lui envoyer dix mille francs pour sa maison. Tout porte donc à supposer qu'elle a l'intention de recevoir beaucoup. Je m'en félicite... Aussi, irai-je la voir dès ma rentrée à Paris.

— Je serai également heureuse d'entrer en relations avec elle pendant notre séjour dans la capitale, ajouta Mme du Bossage.

— Moi, je ne cours plus le monde, dit en souriant Mme de Tarade, je ne la verrai qu'à son retour ici, mais nous rattraperons alors le temps perdu.

La baronne de Mérandal seule ne fit aucune réflexion.

Max étant entré sur ces entrefaites en compagnie du jeune du Bossage, la comtesse reprit, un peu à l'adresse de son fils :

— J'ai aperçu ces dames quelques jours avant leur départ pour Paris. La jeune fille m'a paru fort gentille et je pense qu'elle ne va pas manquer de prétendants.

— Qui ça, la petite Burguet ? interrogea le bel Arthur en faisant de vains efforts pour assujettir sous son arcade sourcilière un monocle rebelle.

— Mlle Marcelle, parfaitement ! rectifia la mère.

Arthur, piqué, ne put s'empêcher de rougir.

— Oui, elle est gentille, reprit-il, elle sera tout à fait bien quand l'air de Paris l'aura débarrassée de ce qu'il y a encore d'anguleux et d'emprunté dans ses manières.

— Oh ! ce sera vite fait, observa Mme de Saint-

Servais, à son âge on s'assimile avec tant de facilité les exemples que l'on a sous les yeux !...

— Prenez garde, insinua Max, qu'elle ne s'assimile aussi le mépris que les Parisiennes professent à l'égard des provinciales...

— Hé, mon Dieu ! interrompit Mme de Mérandal, qui te dit qu'on lui cherche un mari en province ?... Elle se mariera à Paris : voilà tout !

Personne ne releva le propos.

Seule, Mme de Saint-Servais lança à Max un regard d'intelligence. Puis, en se levant pour suivre Mme de Tarade qui se retirait, elle trouva le moyen de glisser à l'oreille du baron :

— Soyez prudent, si vous voulez réussir et défiez-vous des compétiteurs !

Il la remercia d'un coup d'œil et sortit pour accompagner les deux dames.

Quelques instants après, Vauxchamp arriva et comme on le savait en froid avec Mme Burguet, après avoir été un des familiers de la maison, la conversation changea de direction. Enfin, lorsque les visites furent terminées, Robert et Max partirent faire un tour de promenade ensemble, en attendant l'heure du dîner.

— Ah ! mon bon ami, commença le baron, si tu avais entendu tout à l'heure les chères amies de ma mère faire l'éloge de Mme Burguet, tu en serais resté stupéfait... Il y a six mois, cette femme n'était pas bonne à jeter aux chiens. Maintenant, elle a toutes les vertus. Le départ pour Paris a mis le comble à leur enthousiasme, on ne sait trop pourquoi, d'ailleurs. Elles se proposent toutes d'aller voir Henriette cet hiver dans son appartement de l'avenue Marceau, d'entretenir avec elle des relations suivies, de l'admettre, en un mot, dans le cénacle jusque-là si fermé...

Vauxchamp hocha philosophiquement la tête.

— Je ne trouve pas, dit-il, que tu aies lieu de t'étonner... Tu as fait la même chose...

— Tu sais bien que pour moi les causes du revirement sont toutes différentes... Passons, n'est-ce pas ?...

Tu ne vas pas me faire recommencer mon boniment.

— Je n'y songe pas.

Après un court silence, Max poursuivit :

— Je t'avoue que la soudaine décision prise par Mme Burguet de s'installer à Paris m'a laissé rêveur. Qu'elle veuille se distraire et distraire sa fille, rien de mieux. Qu'elle cherche à acquérir l'habitude des belles manières, de façon à n'être pas dépaysée dans le monde où elle désire sans doute frayer désormais, c'est assez naturel. Cependant, je crois que son départ a eu encore une autre raison, et qu'elle a eu surtout comme objectif de s'éloigner de Maison-Rouge pendant un certain temps. Voyons, toi qui as vécu dans son intimité, tu ne sais rien ?...

— Absolument rien, fit Robert en riant. Mme Burguet ne me consulte pas, comme tu le supposes, avant de prendre une résolution. D'ailleurs, je ne la vois plus.

— On m'avait dit pourtant qu'elle était allée dernièrement à Vauxchamp... Allons, sois franc... Je suis convaincu, au contraire, qu'il s'est passé entre vous quelque chose... d'extraordinaire.

— Entre nous ?... Non, je ne vois rien... rien qui ait pu motiver sa fuite vers Paris... Mme Burguet est venue me voir, il est vrai, il y a quinze jours ou trois semaines, mais c'était uniquement pour m'offrir de me prêter de l'argent... de l'argent qui m'était nécessaire pour rembourser une dette ancienne.

Le baron n'ayant fait aucune objection, Robert expliqua en quoi consistait cette dette, dont l'existence lui avait été révélée par Burguet. Puis, de fil en aiguille, afin de faire comprendre comment Henriette en avait été instruite elle-même, il raconta la démarche tentée par l'agent d'affaires dans l'espoir de rentrer en possession de sa femme. Il n'était pas fâché au fond de trouver ces prétextes pour esquiver les questions embarrassantes de Max et dauber aussi sur Burguet dont son ami lui avait trop souvent fait l'éloge.

Mais Mérandal ne parut ni surpris ni ému de toute cette histoire.

— C'est possible, dit-il, tout est possible.

— Pour moi, continua Vauxchamp, Burguet n'est qu'une canaille.

— Je ne dis pas le contraire.

— L'intimité de Leborgne avec lui est même très douteuse. Ces deux hommes-là doivent s'entendre comme larrons en foire et tripatouiller ensemble toutes sortes d'affaires véreuses.

— On ne sait jamais... On ne peut rien affirmer.

— En tous cas, reprit Robert, tu vois que la visite de Mme Burguet avait un but exclusivement... financier, et qu'elle n'a pas eu l'occasion de me parler de ses projets.

— Je croyais, murmura Max évasivement.

— Qu'est-ce que tu croyais ?

— ... Tant pis !... Je croyais qu'il avait été agité entre vous une question de mariage et que, ce mariage étant rompu par défaut d'entente, Mme Burguet avait jugé bon d'emmener Mlle Marcelle loin d'ici, pendant quelque temps.

Vauxchamp eut une minute d'inquiétude. Il se remit vite.

— Ah ! Ah ! s'écria-t-il, tu t'imaginais que Mme Burguet voulait me faire épouser sa fille et que moi-même j'étais tout disposé... Voyons, je suis trop loyal et j'ai trop d'amitié pour toi pour songer à marcher sur tes brisées...

— Je me suis figuré que tes projets étaient antérieurs aux miens...

— Alors, je t'aurais prévenu, lorsque tu m'as fait tes confidences... Du reste, rappelle-toi qu'à maintes reprises tu m'as reproché mes assiduités envers Mme Burguet : on ne court pas deux lièvres à la fois...

— Peuh ! On n'augmente pas ses chances en n'en courant qu'un seul.

— Qu'est-ce que cela signifie ?... Aurais-tu, toi, demandé officiellement la main de Marcelle ?...

— Parfaitement. Et j'ai été repoussé pour une... raison qui n'est qu'un... mauvais prétexte... Pardonne-moi de ne pas t'avoir fait connaître plus tôt mon échec. J'ai eu la vanité de vouloir cacher mon humiliation à tout le monde.

— Ta mère est au courant ?

— Oui, et tu dois te douter qu'elle est formellement opposée à mon projet. C'est même après une discussion très vive, dans laquelle elle m'avait déclaré durement qu'elle ne consentirait jamais à me laisser épouser Marcelle Burguet, que j'ai voulu tout de même tenter l'aventure. Le résultat a été piteux : on ne m'a pas laissé le plus petit espoir.

— C'est bizarre, murmura Vauxchamp, je n'y comprends rien...

Au bout d'un instant de silence, Max tira sa montre.

— Rentrons, dit-il, l'heure du dîner approche.

Et, après une minute de réflexion :

— Surtout, pas un mot de tout cela devant ma mère, ajouta-t-il. Si, un jour, par impossible, la main de Marcelle m'est accordée, je crois que je pourrai obtenir le consentement de ma mère, dont les idées, sous l'influence de son entourage, vont peu à peu se modifier. Mais, en essayant aujourd'hui, par des insinuations ou des conseils, de la faire revenir sur sa décision, on ne parviendrait qu'à rendre son opposition irréductible.

— Tu peux compter sur ma discrétion, répondit Robert.

CHAPITRE XIII

En abandonnant Maison-Rouge pour l'avenue Marceau, Mme Burguet avait surtout obéi au désir de prendre une revanche des privations que la pauvreté lui avait jusqu'alors imposées.

Jeune fille, elle avait à peine entrevu Paris.

Mariée, elle y avait, il est vrai, résidé quelques années, mais dans des conditions épouvantables, pendant la période la plus troublée de sa vie, à l'époque où les tracasseries énervantes d'une procédure de divorce lui faisaient tout voir sous les couleurs les plus sombres.

Et de ce séjour, pendant lequel les souffrances morales s'étaient accrues de toutes les difficultés matérielles d'une situation assez précaire, elle avait conservé un souvenir douloureux.

Maintenant qu'Henriette était riche et libre d'agir à sa guise, il était donc tout naturel qu'elle cherchât à effacer ce mauvais souvenir, en abordant de nouveau ce Paris qui ne lui avait donné jadis que des tourments, ne lui avait laissé que des désirs non satisfaits, des regrets, des blessures d'amour-propre.

A son tour, elle voulait vivre comme ces femmes qu'elle voyait passer dans leur coupé ou leur victoria, enveloppées de fourrures où de dentelles, et dont le luxe autrefois la rendait jalouse.

Elle aussi, elle aurait sa voiture pour aller aux Acacias, et des robes sortant de chez le meilleur faiseur, et sa loge à l'Opéra, et ses dîners, ses réceptions... tout ce qui, en un mot, constitue la gloire parisienne et fait mettre votre nom dans les journaux.

Cependant, Henriette n'avait rien dit de son projet à personne, et lorsque soudain, vers la fin d'octobre, elle en fit part à sa mère, celle-ci demeura confondue. Elle ne se permit pas, d'ailleurs, la moindre objection, et déclara simplement qu'elle était toute disposée à demeurer seule à Maison-Rouge, pour garder la maison. Elle se contenta de murmurer au fond d'elle-même :

— Allons, encore une lubie... qui passera tôt ou tard comme les autres... mais, à ce train-là, l'argent passe aussi... Pourvu que ma fille ne s'arrête pas trop tard !...

Mme Lebaire, on le voit, se trompait en traitant de lubie la décision prise par sa fille, car cette décision était le résultat d'un plan conçu et élaboré depuis plusieurs mois, et la soudaineté avec laquelle Henriette passait à l'exécution provenait uniquement du dépit qu'elle éprouvait de sentir Vauxchamp rebelle à ses avances.

— Au moins, pensait la jeune femme, quand je serai loin d'ici, j'oublierai cette déception, et je n'aurai plus autour de moi des gens qui, ayant peut-être surpris mon secret, rient certainement de ma mésaventure.

Poursuivie par cette idée fixe, elle hâta ses préparatifs et fut, au bout de quelques jours, en mesure de quitter cette « maudite » province pour la résidence tant désirée.

Aussitôt arrivée, elle déploya une activité fébrile afin de meubler rapidement et magnifiquement l'appartement qu'elle avait loué. Elle pensait à tout, s'occupait elle-même des moindres détails, voulant que sa maison sortît du néant, complète et parfaite, comme sous la baguette d'une fée.

Pendant ce temps-là, son cocher, qu'elle avait amené de Maison-Rouge, choisissait les voitures et les chevaux, veillait à l'installation des écuries et des remises.

Enfin, par une belle après-midi ensoleillée du commencement de décembre, Mme Burguet put faire, en compagnie de sa fille, une première sortie dans l'avenue des Acacias.

Son équipage fut remarqué, et les quelques désœuvrés qui l'admirèrent se demandèrent avec curiosité à qui pouvait bien appartenir une livrée aussi correcte, aussi élégante.

Un Américain en séjour à Paris, qui avait beaucoup plus admiré les deux femmes que leur livrée, sut retrouver leur domicile, envoya des fleurs et un mot sollicitant la permission de se présenter... Naturellement, il ne reçut aucune réponse, mais, par un hasard extraordinaire, un journaliste attaché à une feuille importante du boulevard, eut vent de l'affaire et s'offrit le plaisir de « tartiner » pendant une colonne et demie sur ce fait divers amusant. Bien entendu, les personnages étaient désignés par des initiales, mais ils étaient faciles à reconnaître pour qui voulait réfléchir et se renseigner.

Une fois ce premier jalon planté sur le chemin de la gloire, Mme Burguet ne négligea aucune occasion d'appeler sur elle l'attention publique, d'établir sa réputation de jolie femme et de mondaine.

Mais il est superflu de faire remarquer qu'il en

coûte cher de se mettre en vue à Paris. Henriette avait déjà englouti des sommes considérables dans l'achat de son mobilier, de ses chevaux et de ses toilettes.

Maintenant, ses fantaisies se faisant de plus en plus exigeantes, les demandes d'argent à l'étude Leborgne se succédaient, de plus en plus fréquentes et pressantes.

Le notaire débordé poussait déjà les hauts cris, répondait qu'il n'aurait bientôt plus de fonds disponibles et répétait à sa cliente qu'il lui était impossible de soutenir longtemps ce train-là sans dévorer entièrement son capital.

Mais la jeune femme ne tenait compte d'aucune observation. On eût dit, à la voir accumulant folie sur folie, qu'elle avait perdu la tête ou qu'elle voulait la perdre, pour s'étourdir, pour oublier le passé.

Le bruit de ses extravagances commençait à parvenir jusqu'à Saint-Hilaire et personne n'en revenait.

Comment !... Elle qui s'était montrée jusqu'alors si modeste dans ses goûts, si réservée dans ses dépenses !... Quel démon s'était donc soudain emparé d'elle !...

M. Leborgne, qui colportait complaisamment dans la petite ville les échos de l'avenue Marceau, paraissait enchanté des réflexions qu'ils provoquaient, et lorsque quelqu'un disait devant lui : « Vous verrez que Mme Burguet ne mettra pas longtemps à se ruiner », il répondait : « Evidemment, pour faire face à de telles prodigalités, il faudrait une fortune américaine. »

Le mois de février était arrivé. La vie élégante battait son plein.

Les du Bossage, les de Sartigues et les Dufour étaient rentrés à Paris. Aussitôt, ces dames avaient reçu la visite de Mme Burguet, qui avait parfaitement deviné, à des indices significatifs, le changement d'opinion survenu en sa faveur. Et des relations suivies, cordiales, s'étaient rapidement établies.

« Cette bonne Henriette est si charmante », répétaient à l'envi les pimbêches de Saint-Hilaire, « dès qu'on la connaît, on ne peut s'empêcher de l'aimer. »

Par ses nouvelles amies, Mme Burguet s'en fit

d'autres et elle n'eut bientôt plus une après-midi, plus une soirée qui ne fussent prises par les visites, les dîners ou les réceptions.

Pendant les premières semaines, Marcelle, qui n'avait sans doute pas les mêmes raisons de s'étourdir, n'avait suivi sa mère qu'avec une certaine répugnance. Mais elle était trop jeune pour que les séductions de la vie mondaine n'eussent pas d'action sur elle. Une fois prise dans l'engrenage, elle s'abandonna avec toute la fougue de l'insouciance, et ne tarda pas à n'avoir plus d'autre préoccupation que celle de paraître et de briller dans les réunions les plus cotées.

Ah ! comme la province était loin maintenant ! Et aussi ses rêves d'alors, ses longs tête-à-tête avec Max, auxquels elle trouvait tant de charme ! Oublié, fini tout cela ! Fi donc !... Epouser un hobereau sans le sou, quand les jeunes gens les plus riches et portant les plus beaux noms allaient se disputer sa main ! Dans cette cohorte de prétendants, elle n'aurait que l'embarras du choix, et un beau jour, lorsqu'elle serait lasse de sa liberté, elle étendrait la main au hasard, comme on tire un numéro à la loterie — tous les hommes ne se valent-ils pas ? — Ce serait l'élu... Hé ! Hé !... Il ne serait pas à plaindre, l'élu... Une jolie femme et huit cent mille francs de dot !...

Mme Burguet était ravie de constater chez Marcelle de telles dispositions, quoiqu'elle souffrît parfois de voir se reporter exclusivement sur la jeune fille des hommages qui auraient pu s'adresser à elle.

Regrets injustifiés, puisqu'elle seule, par son attitude, décourageait la galanterie... Oui, elle seule... et parce qu'aucun autre adorateur n'était capable de toucher son cœur, que Robert de Vauxchamp remplissait, malgré les efforts tentés pour l'en chasser.

XIV

Vauxchamp, à qui le mauvais temps et l'absence de ses amis interdisaient presque toute relation avec le monde extérieur, ne s'amusait pas énormément au fond de sa vieille gentilhommière.

A vrai dire, la solitude qui convenait à son âme rêveuse, ne lui pesait pas autant qu'elle eût pesé à un autre. Cependant, à rester constamment en tête-à-tête avec lui-même, entre ses livres et sa pipe, il devait forcément finir par s'abandonner à des réflexions plutôt pessimistes. Il en arriva même à se demander comment on a le courage de vivre puisque l'existence n'offre qu'une part infime de jouissances à côté d'une succession ininterrompue d'ennuis.

Il n'en conclut pas que la seule solution possible fût le suicide. Il eut l'intuition vague qu'il y avait probablement un autre moyen de rendre la vie supportable... Mais quoi ?... Il ne sut pas ou n'osa pas le formuler.

Quand Robert avait longuement philosophé sur ses thèmes favoris, laissé son esprit vagabonder dans le domaine des rêves, il aurait eu besoin d'un cœur ami pour s'épancher. Ne l'ayant pas, il se mit à jeter ses sensations sur le papier.

Max le surprit un soir de décembre, occupé à ce travail.

— Qu'est-ce que tu fais là ? demanda-t-il.

— J'écris un roman, répondit Robert sans se tourner. Une minute, je te prie, je suis au passage le plus palpitant.

Et comme Mérandal éclatait de rire :

— C'est bon, ris tant que tu voudras, continua Vauxchamp, ce que je fais là est encore la meilleure de mes distractions et même le meilleur de ma vie. Pendant que je suis en conversation avec mes personnages imaginaires, je ne pense pas aux réalités... qui ne sont pas toujours gaies.

— Et c'est pour gagner de l'argent que tu entreprends d'écrire des romans ? interrogea le baron, railleur.

— Pourquoi pas ? Il y en a bien d'autres dont c'est le métier et qui en tirent toutes leurs ressources.

— Il y en a aussi beaucoup d'autres qui abandonnent la partie en présence des difficultés insurmontables auxquelles ils se heurtent.

— Ceux-là ne sont pas taillés pour la lutte... Mais avec la persévérance...

— Alors, c'est sérieux ?... Te voilà homme de lettres ?...

— Tu l'as cru ? fit Vauxchamp.

— Ma foi, un peu plus...

— Eh bien ! détrompe-toi... Ce que j'écris là, c'est tout simplement le journal de mes méditations quotidiennes... Je suis sûr qu'un jour je retrouverai cela avec plaisir...

— Ah ! c'est ainsi que tu te moques de moi ! Farceur, va !... Voyons, parlons sérieusement... car tu sais, moi, ça ne m'intéresse pas du tout, ton journal... La vie est faite de réalités et la poésie ne suffit pas pour faire face aux dépenses d'un ménage... Je venais donc t'entretenir de choses plus pratiques... A propos, les voilà joliment lancées, tes voisines !... On ne parle plus dans les journaux mondains que des toilettes, des chevaux, des réceptions de Mme Burguet, de la beauté de Mlle Marcelle...

— Oui, j'ai vu cela, fit Robert négligemment. Mais, quel rapport y a-t-il ?...

— Comment, quel rapport ?... Mais le succès de ces deux femmes est très inquiétant pour moi, mon ami... Marcelle ne peut manquer d'être courtisée et recherchée en mariage par de nombreux prétendants qui auront mille fois plus de chances que moi d'être agréés.

Vauxchamp hocha la tête d'un air qui semblait dire :

— Mon cher ami, qu'est-ce que tu veux que j'y fasse ?

— Voyons, continua Max, toi l'homme sage et

prudent, donne-moi un conseil : comment dois-je m'y prendre ?

— Je crois que tu n'as qu'à attendre. Tu pourrais peut-être entre temps travailler à obtenir le consentement de ta mère, cela te mettrait pour l'avenir en meilleure posture auprès de Mme Burguet.

— Et si on me coupe l'herbe sous le pied...

— Dame, il n'y aura pas de remède.

Max fit la grimace.

— Ecoute, reprit Vauxchamp, j'irai à Paris dans six semaines pour m'occuper de cette créance dont je t'ai parlé. Veux-tu venir avec moi ?

— Volontiers.

— Tu réfléchiras d'ici-là au meilleur moyen de te rappeler à l'attention de ta bien-aimée. Mais, je t'avertis que je ne me mêlerai pas de tes affaires.

— Entendu : nous garderons l'un envers l'autre la plus complète indépendance.

*
* *

Le traditionnel dîner du lundi gras, reporté au jeudi de la mi-carême à cause d'une indisposition de la baronne, n'eut pas, cette année-là, le même éclat qu'à l'ordinaire.

M. l'archiprêtre de Notre-Dame, souffrant, ne put s'y rendre. Les de Sartigues et les Dufour étaient à Paris. Mme de Mérandal ne put réunir que l'abbé Desnoyers, la marquise de Tarade accompagnée de son inséparable Saint-Servais, et les du Bossage, revenus depuis peu de leur fougue dans la capitale.

Une controverse religieuse marqua le début de la réunion.

Le curé de Saint-Michel ne jouissait plus des faveurs de l'aristocratie pour avoir manqué au principe d'intolérance qui était la loi du cénacle. L'abbé Lachapelle ayant refusé d'admettre au catéchisme la fille d'une femme de mœurs notoirement légères, l'abbé Desnoyers l'avait acceptée aussitôt parmi les enfants qu'il préparait à la première communion. D'où froissement entre les deux prêtres et scission des catholiques en deux partis rivaux.

Mme de Tarade, qui tenait pour l'archiprêtre, ayant voulu attaquer le curé sur ce point, cela donna lieu à une discussion assez vive, qui permit à l'abbé de dire à la marquise des choses justes mais un peu dures. Et il en résulta un certain malaise.

Heureusement, Mme du Bossage, qui avait hâte de parler de son séjour à Paris, commença aussitôt à faire l'éloge de Mme Burguet. Son admiration pour la petite bourgeoise de Saint-Hilaire, devenue en trois mois si parisienne et si femme du monde, était sans bornes. Aussi, revint-elle, à maintes reprises, dans le courant de la soirée, sur ce thème inépuisable, qui lui fournit l'occasion de variations enthousiastes.

Chaque fois qu'il était question d'Henriette, Mme de Mérandal, au lieu de prendre sa mine sévère d'autrefois, souriait et regardait son fils d'un air qui semblait dire :

— Oui, je me rends. Puisque tu l'aimes, épouse-la donc, cette petite Marcelle. Autant celle-là qu'une autre, après tout... et ainsi, du moins, nous serons riches.

Max rayonnait, car il s'imaginait que l'adhésion de sa mère serait d'un grand effet sur Mme Burguet, le jour où il se risquerait à lui redemander la main de sa fille.

— ...Surtout, allez voir la nouvelle pièce des Variétés, répétait pour la sixième fois M. du Bossage mis en gaieté par les libations du dîner. Vous m'en direz des nouvelles... C'est d'un comique...

— J'irai, j'irai certainement, répondait Vauxchamp, à qui s'adressait ce discours.

— Ah ! Vous allez à Paris bientôt ? fit Mme de Mérandal, qui passait à ce moment près d'eux.

— Oui, madame... Et ce n'est pas un voyage d'agrément... Une méchante affaire d'intérêt.

La baronne s'éloigna sans répondre. Mais le projet de Robert lui laissa une arrière-pensée. Aussi, lorsque, le soir même, elle se trouva seule avec son fils, elle le pressa de questions à ce sujet. Mais Max confirma tout simplement le motif d'intérêt invoqué par son ami.

— D'ailleurs, ajouta-t-il, son voyage est décidé depuis longtemps, puisqu'il m'a même demandé de l'accompagner.

Mme de Mérandal comprit l'allusion.

— Mon cher enfant, dit-elle, tu as dû bien souffrir quand je t'ai interdit de penser à Mlle Marcelle... ou du moins de penser à en faire ta femme. Que veux-tu ? J'avais à ce moment-là certains préjugés... J'ai réfléchi depuis, j'ai vu qu'ils n'avaient que peu de raisons d'être. Mais tu m'as obéi, malgré tes répugnances, avec une trop grande docilité pour que je ne cherche pas maintenant à te faire plaisir. Ta persévérance mérite, d'ailleurs, une récompense : tu peux compter sur moi pour t'aider à l'obtenir.

Max remercia sa mère avec effusion et ne songea plus qu'à hâter ses préparatifs de départ.

XV

Dès le lendemain de son arrivée à Paris, Vauxchamp alla voir M. Ducret et éprouva une amère déception : la dette était incontestable et l'opération faite par Burguet, régulière par conséquent.

Robert, qui avait flairé là-dedans une machination de l'agent d'affaires et qui eût été heureux d'en saisir la preuve afin de mettre ce dernier aux prises avec la justice, fut profondément désappointé. Il n'avait plus, dans ces conditions, qu'à prendre des arrangements avec son créancier pour obtenir de se libérer par acomptes. C'est ce qu'il fit séance tenante. Puis, il rentra tout penaud à l'hôtel du Louvre où les deux jeunes gens étaient descendus et raconta l'histoire à Max qui en fut également fort surpris.

— Maintenant, conclut Vauxchamp d'un ton

maussade, je n'ai plus rien à faire ici, nous repartirons quand tu voudras.

— Ah ! permets, se récria Mérandal, nous sommes convenus d'agir avec la plus complète indépendance. Pars, si tu veux. Moi, je reste. D'ailleurs, je ne pourrai voir Mme Burguet que demain vendredi, qui est son jour de réception.

— Au fait, je peux bien rester quelques jours encore, mais tu me promets de ne jamais chercher à m'entraîner chez ces dames ?...

— Je te le promets.

Le lendemain, Max se présenta avenue Marceau de bonne heure, afin de n'être pas dérangé par les autres visites. Henriette l'accueillit d'une façon charmante. Marcelle, au contraire, le salua froidement d'un air ennuyé.

Le jeune homme fut désorienté.

Certes, s'il s'attendait à trouver quelque part de mauvaises dispositions à son égard, ce n'était pas là. Le cœur de Marcelle avait-il donc en quatre mois subi de si profondes transformations que le passé fût absolument mort pour elle ?...

Ne sachant que penser et voyant l'inutilité de ses efforts pour intéresser la jeune fille à ce qu'il lui disait, le baron, découragé, allait se retirer, lorsqu'on annonça M. le vicomte de Thouarel. Il eut aussitôt l'explication du mystère : un autre favori avait pris sa place...

Mais Marcelle ignorait-elle donc la tactique la plus élémentaire de la diplomatie féminine, pour laisser deviner si naïvement ses sentiments ?... Est-ce qu'une femme, qui a l'usage du monde, a la maladresse de traiter un ennemi un homme qui a cessé de lui plaire ?...

La mauvaise humeur de Max s'atténua d'un peu de pitié.

Il n'eut pas, d'ailleurs, le loisir de s'abandonner longuement à ses impressions : il lui fallut se mêler à la conversation.

Jean de Thouarel avait été jadis un compagnon de plaisir de Mérandal, mais, plus heureux que ce dernier, il avait pu jusque-là se maintenir à Paris. Les deux jeunes gens s'étaient tout de suite reconnus et s'étaient tendu la main assez froidement, avec une arrière-pensée de jalousie.

Force leur fut néanmoins d'échanger quelques banalités. Après quoi, chacun tira de son côté. Et le nouveau venu ayant accaparé Marcelle, Max dut se contenter d'entretenir en aparté Mme Burguet.

Au bout d'une demi-heure, Thouard jeta vers le baron un regard qui signifiait clairement : « Ah ça, ne s'en ira-t-il pas bientôt, cet importun ? »

Mais Mérandal était résolu, au risque d'être inconvenant, à lasser la patience de son rival. Il ne bougea pas. Il se croyait autorisé, d'ailleurs, par l'intimité de leurs relations antérieures, à rester plus longtemps que pour une simple visite.

Sa ténacité fut récompensée. Thouard se décida à lui céder la place. Il est vrai qu'aussitôt après, Marcelle trouva un prétexte pour quitter le salon et ne reparut plus. Max n'en fut pas du tout contrarié : il lui tardait d'être seul avec Henriette pour l'interroger.

— Croyez-vous, madame, dit-il tout à coup, que Marcelle consente maintenant à devenir ma femme ?...

Comme si elle se fût attendue à cette question, Mme Burguet répondit sans manifester la moindre surprise :

— Elle ne s'y est jamais refusée, mon cher monsieur, et pour une raison bien simple, c'est que je ne l'ai jamais consultée à cet égard. Je vous ai dit, vous vous en souvenez, que je trouvais ma fille trop jeune... et qu'en attendant qu'elle soit complètement formée, j'avais le devoir de la mettre en garde contre les entraînements de son inexpérience.

— Il faut croire, madame, riposta le baron avec ironie, que Mlle Marcelle a beaucoup vieilli depuis six mois ou... que vous avez renoncé à exercer la tutelle salutaire dont vous parlez...

— J'exerce celle-ci d'une façon moins rigoureuse, je l'avoue, fit la jeune femme en se troublant un peu.

Le séjour de Paris ayant mûri ma fille, je lui laisse maintenant plus de latitude.

— Il est aisé de s'en rendre compte en voyant l'intimité qui règne entre elle et M. de Thouarel... Tant mieux pour lui, après tout, s'il a la chance d'être agréé comme prétendant... Quant à moi, je sais ce qu'il me reste à faire.

En même temps, Mérandal s'était levé comme par partir. Mais Henriette lui fit signe de se rasseoir.

— Non, accordez-moi encore une minute, dit-elle, et écoutez-moi bien... Très sincèrement, je n'ai de préférence pour personne, je n'encourage pas M. de Thouarel plus qu'un autre et je ne sais si ma fille a une sympathie particulière pour lui ni pourquoi elle en aurait. Votre ami est évidemment très lancé dans la société parisienne, mais sa situation de fortune est fort modeste... Il est vrai qu'il n'a plus ni père ni mère, et qu'il est par conséquent le seul maître de sa destinée.

— Cela signifie, je pense, qu'il n'a pas à redouter l'opposition d'une famille dans le cas où son mariage ne plairait pas. Mais, moi non plus, madame, je n'ai plus de craintes à avoir sur ce point : ma mère serait heureuse de me voir épouser Mlle Marcelle.

— Ah ! fit simplement Mme Burguet, sans avoir l'air d'être impressionnée par cette nouvelle.

Après un instant de silence embarrassant, le baron continua d'un ton moins assuré :

— Enfin, je vois, madame, que vous tenez à ne pas m'enlever tout espoir. Vous m'autorisez donc à revenir ?...

— Vous nous ferez même le plus grand plaisir en assistant à toutes nos réunions.

— Et vous me promettez de garder à mon égard une... neutralité... plutôt bienveillante ?

— Je vous le promets... A bientôt !... Une autre fois, amenez donc avec vous M. de Vauxchamp...

— Ah ! vous savez ?...

— Oui, je sais qu'il est à Paris avec vous ; ma mère m'a écrit cela ce matin. Je compte sur vous pour vaincre sa répugnance à faire des visites... Vous lui rappellerez que chez moi, ce n'est pas une visite comme les autres...

Mérandal promit de s'employer de son mieux à satisfaire la jeune femme et se retira en emportant une bien vague espérance. En sortant de là, il flâna un instant sur les boulevards, puis rentra à l'hôtel prendre Robert pour dîner.

Sans dire nettement à son ami le résultat de son entrevue, il lui laissa entendre que son... entreprise l'obligerait probablement à rester longtemps à Paris. Mais, contrairement à ses prévisions, il trouva Vauxchamp tout disposé à l'attendre. L'air de Paris commençait à agir sur l'ancien sous-préfet et à faire de lui un autre homme. La griserie de la grande ville lui montait au cerveau comme un vin capiteux. Non pas que le spectacle qu'il avait sous les yeux lui rappelât d'agréables souvenirs de jeunesse. Robert avait très peu habité Paris et avait mené sa paisible existence d'employé d'administration dans quelque lointaine province. Mais, précisément, parce que ses fonctions et la modicité de ses ressources l'avaient empêché jadis d'abuser de la liberté comme tant de jeunes gens, il avait maintenant à trente-cinq ans des envies folles de se rattraper.

Max, qui, de son côté, se sentait renaître peu à peu à sa vie d'autrefois, était ravi de constater ces dispositions nouvelles chez son vieux camarade.

— Alors, demanda-t-il, tu consentirais à rester aussi longtemps que moi ?... Tu ne songes plus à fuir les dangereuses attractions de cette affreuse Babylone ?...

— Tout d'abord, j'étais dépaysé, murmura Vauxchamp, maintenant, je m'habitue...

— Je t'avoue que j'en suis extrêmement satisfait pour nous deux. D'une part, je craignais d'être isolé ici. D'autre part, je suis heureux de te voir secouer ton hypocondrie... Ah ! à propos, j'oubliais de te dire que Mme Burguet serait enchantée de te recevoir : elle est chez elle tous les vendredis et bien d'autres jours encore sans doute... pour les amis... Du reste, elle va probablement t'inviter directement.

— J'aurai le regret de décliner l'invitation, balbutia Robert.

— Pourquoi donc ?... Cela paraîtra bien extraordinaire.

— Aux yeux de qui ?... Personne ici ne nous connaît, et quant à elle je ne pense pas qu'elle puisse s'étonner ou se froisser de ma réserve.

— En effet, elle comprendra les raisons de ton abstention.

Vauxchamp regarda son ami de travers.

— Allons, ne te fâche pas, reprit Max. Tout le monde sait — je ne commets pas une indiscrétion en le rappelant, puisque tu me l'as avoué toi-même — tout le monde sait que Mme Burguet a cherché à devenir ta femme, que tu as repoussé ses avances et... que tu ne veux pas t'exposer de nouveau aux tentations, de peur de n'y point résister.

— Et tu ne m'approuves pas d'agir ainsi ?...

— Ma foi, non... Si une femme charmante comme elle m'offrait son cœur et... sa fortune, je ne ferais pas le dédaigneux.

— Nous n'avons pas les mêmes manières de voir sur le mariage...

— Oh ! pas de sermon, je t'en prie... Tiens, viens donc dîner... Il est sept heures... Nous finirions par être en retard pour le théâtre.

XVI

Les jours suivants, Mérandal revint à la charge, mais sans plus de succès.

Henriette se flatta d'être plus heureuse et écrivit à Robert une lettre toute cordiale, pour le prier de venir passer la soirée chez elle. Il répondit par un refus, en alléguant un engagement antérieur. Et le vendredi suivant, il fit à la jeune femme une visite de cérémonie, à l'heure où la présence de plusieurs personnes étrangères leur interdisait tout entretien particulier. Mais il en sortit néanmoins assez troublé pour se promettre d'être à l'avenir plus réservé encore.

Max, de son côté, était dans le marasme, car il constatait qu'il n'avançait pas d'une ligne dans le cœur de Marcelle. Le découragement le prit et, prévoyant l'inutilité de tous ses efforts, il espaça ses visites.

Inexplicable bizarrerie du cœur féminin !... L'indifférence qu'il affecta fit plus pour le succès de sa cause que l'empressement qu'il avait montré précédemment.

Lorsqu'il se présenta de nouveau chez Mme Burguet, il fut accueilli par la jeune fille d'une façon charmante. Elle voulut savoir pourquoi il était resté dix longs jours sans venir, elle le gronda gentiment parce qu'il ne trouvait pas d'excuse et lui fit promettre de se montrer moins rare à l'avenir. Le baron était aux anges.

Thouarel étant arrivé sur ces entrefaites, Marcelle fit à peine attention à lui.

Ah ! la belle revanche !...

Les entrevues suivantes ne firent que confirmer cette excellente impression, si bien qu'au bout de dix jours d'accord parfait, Max se crut autorisé à poser nettement la question. Mme Burguet avait prévu cette demande et put lui donner à la fois sa réponse et celle de sa fille : toutes les deux favorables.

Mérandal ne fit qu'un bond jusqu'à l'hôtel, afin d'associer son ami à sa joie et lui annoncer qu'il allait retourner dans le Berry pour chercher sa mère et s'occuper des formalités.

Vauxchamp hocha la tête d'un air sceptique :

— Eh bien, dit-il, je profiterai de ton départ, pour regagner mes pénates. Voilà l'été qui vient : je serai mieux à la campagne.

— Tu n'assisteras pas à mon mariage ?...

— Je verrai... Je reviendrai peut-être... oui, sûrement.. je reviendrai.

— Alors, c'est convenu, conclut le baron, nous

partirons ensemble samedi prochain pour Saint-Hilaire.

Le surlendemain, vers neuf heures du matin, Vauxchamp flânait dans sa chambre en achevant sa toilette et en commençant ses préparatifs de départ, lorsqu'on lui remit une lettre non timbrée qu'un domestique venait d'apporter. Il l'ouvrit aussitôt, non sans une certaine émotion, car il avait reconnu l'écriture et lut :

« Monsieur,

« J'ai besoin de vous voir immédiatement. Je n'ai que vous à qui confier ma peine... Ce n'est plus une invitation, hélas ! C'est une prière : vous l'exaucerez, j'espère...

« HENRIETTE. »

Il y avait comme des larmes dans ces quelques mots tracés à la hâte dans le désarroi d'une émotion violente. Robert eut un frisson d'angoisse : il pressentait quelque catastrophe.

Sa lettre toujours à la main, il alla frapper à la porte de Mérandal, mais celui-ci était déjà sorti. Alors, il revint dans sa chambre, s'habilla à la hâte, descendit et sauta dans le premier fiacre qu'il rencontra.

Vingt minutes plus tard, il était avenue Marceau : et le trajet lui avait semblé d'une longueur interminable. Là aussi, on l'attendait avec impatience. Mme Burguet et sa fille étaient dans le petit salon attenant à leur chambre, assises en face l'une de l'autre, silencieuses, abattues.

Dès qu'elle aperçut Vauxchamp, la jeune femme se leva, lui serra les mains avec effusoin et dit :

— Ah ! merci... Merci d'être venu à notre secours... Vous êtes bon...

Et sans rien ajouter, elle lui tendit une lettre.

Robert se mit à lire à demi-voix.

« Madame,

« Lorsque ce papier vous parviendra, je ne serai plus en France. J'ai tenu toutefois à ne pas disparaître sans vous faire connaître le motif de mon départ; car cela vous intéresse plus qu'aucun autre de mes clients.

« Malgré mes apparences de richesse, j'étais dans une situation pécuniaire très mauvaise, quand M. Gerbet vous légua sa fortune, en vous conseillant de m'en confier la gestion. Cet événement me sauva.

« Comme tous les fonds de la succession me passaient par les mains et que vous ne pouviez pas exercer un contrôle sérieux sur ces rentrées, j'en consacrai d'abord une partie à rembourser les dépôts faits dans mon étude par les paysans des environs et gaspillés depuis longtemps. Et j'employai le reste à couvrir les grosses opérations de Bourse que je suivais toujours pour maintenir mon train de vie habituel. J'eus pendant plusieurs mois des alternatives de gains et de pertes qui s'équilibraient à peu près. Malheureusement, il y a quelques jours, une affaire désastreuse m'a enlevé tout ce que je possédais, sauf deux cent mille francs que je tenais en réserve et que... j'emporte pour subvenir à mes premiers besoins.

« Vous êtes donc entièrement ruinée. De la succession Gerbet, il ne vous reste plus qu'une petite ferme voisine de Maison-Rouge, que vous avez achetée, il y a quatre mois. Je ne compte pas les deux cent quatre-vingt ou trois cent mille francs que je vous ai remis de la main à la main et qui sans nul doute sont dissipés à l'heure actuelle.

« Quant aux placements hypothécaires que vous avez faits dans mon étude, n'espérez pas en retirer un sou : tous vos débiteurs sont insolvables. Sachez, par exemple, que dans cette affaire, je n'ai pas été seul coupable. Une personne qui vous touche de près se chargeait de recruter ces emprunteurs véreux...

avec lesquels il partageait tout simplement le prêt ; je me contentais de mes honoraires.

« Je regrette infiniment, madame, que les événements aient aussi mal tournés. Mais, avant de disparaître, permettez-moi de vous assurer tout de même de mon respectueux dévouement.

« L. [illegible]. »

— Les misérables !... s'écria Robert lorsqu'il eut achevé sa lecture... J'avais toujours redouté pour vous ce qui arrive...

Puis, relevant la tête, il s'aperçut qu'Henriette avait les yeux pleins de larmes :

— Voyons, dit-il en lui prenant les mains amicalement, que regrettez-vous de votre fortune envolée ? Les plaisirs de Paris ? Ils l'eussent dévorée peut-être en peu de temps. La considération que donne la richesse ? Mais la pauvreté noblement supportée est encore la meilleure manière de s'assurer l'estime de tous.

« Au surplus, que craignez-vous pour l'avenir ?... Vous n'êtes pas absolument ruinée ; vous retrouvez votre modeste aisance d'autrefois, accrue même des revenus d'une petite ferme... Vous aurez fait un beau rêve, dissipé, hélas ! comme tant d'autres : voilà tout... Vous n'en serez pas plus malheureuse pour cela.

— Et la honte de voir tous ces gens de Saint-Hilaire se réjouir de mon infortune !... La honte de voir le mariage de ma fille rompu !... Vous ne comptez tout cela pour rien ?...

— Max est un galant homme, répliqua Robert, et je ne crois pas...

Un sanglot de Marcelle l'interrompit.

— Calme-toi, ma pauvre enfant, dit la mère, les lamentations ne servent à rien... Il vaut mieux s'incliner avec résignation devant la fatalité.

Puis, s'adressant à Vauxchamp :

— Ne conservez aucune illusion : M. de Mérandal n'épousera pas ma fille dans la situation où elle se trouve maintenant... Il n'y a que vous pour avoir pitié de malheureuses femmes ruinées et sans relations... Merci encore de votre généreux mouvement !...

— Je n'ai aucun mérite, madame, tout autre à ma place eût agi de même. Mon seul regret est de ne pouvoir vous offrir que les consolations platoniques de mon... amitié. Mais je vous prie de mettre celle-ci à contribution toutes les fois que mon aide vous semblera utile.

— Merci... Mais je ne voudrais pas vous imposer de trop fréquentes et trop pénibles corvées. Je vais me trouver sans doute aux prises avec de grandes difficultés... Ah! gredin de Leborgnel... Lui qui m'accablait de ses protestations de dévouement !... Si je le tenais...

— Mais vous ne le tenez pas. Et vous ne devez compter que sur vous, sur votre courage, sur votre abnégation pour sortir d'embarras.

— Que me conseillez-vous ?

— Il faut liquider au plus vite votre situation afin de ne pas compromettre l'avenir. Vendez vos chevaux, congédiez vos domestiques, tachez de céder votre bail si vous en avez un, vendez votre mobilier et, aussitôt après, courez vous terrer à Maison-Rouge.

— Quelle déchéance !...

— C'est là qu'est le salut... J'avais l'intention de partir samedi pour le Berry, je resterai pour le cas où vous auriez besoin de moi... Au revoir et à bientôt !..

Vauxchamp se dirigea à pied vers son domicile, afin de réfléchir à loisir à la catastrophe et aux conséquences qu'elle comportait. Quand il arriva à l'hôtel Max était également rentré. Au regard que son ami lui lança dès le seuil, Robert comprit qu'il savait tout.

— Je parie que tu viens de chez Mme Burguet ? dit le baron en essayant de sourire. Voilà bien de tes inconséquences : un jour, tu refuses de lui faire une visite de poltiesse obligatoire, un autre jour, tu te présentes chez elle à neuf heures du matin.

— Les circonstances m'ont imposé le devoir de faire taire pour une fois mes scrupules.

— Ah ! les circonstances !... Évidemment, elles sont graves.

— Tu es au courant ?...

— Je viens de recevoir une lettre de ma mère. Elle me raconte que Leborgne a levé le pied en emportant tout l'argent qu'il a pu.

— Comment sait-on que son absence cache une fuite ? Il n'a pas dû confier à beaucoup de personnes son intention de transporter son domicile en Belgique.

— Enfin, tu vois, c'est un fait : les nouvelles se répandent vite en province. Donc, ma mère me raconte que Leborgne a levé le pied et elle suppose que la fortune de Mme Burguet dont il avait la gestion doit être totalement engloutie dans la débâcle.

— Elle ne se trompe pas. Mme Burguet ne possède plus rien.

— Eh bien ! tu comprends, mon cher, que dans ces conditions, je ne peux pas épouser Marcelle. Sans doute, je l'aime beaucoup, cette petite, mais du moment qu'elle n'a plus un sou, non, ce n'est pas possible... D'ailleurs, ma mère ne donnerait pas son consentement, et tu sais que je respecte toujours la volonté de ma mère.

Vauxchamp fut si froissé de ce langage cynique qu'il ne daigna pas répondre. Après avoir jeté sur une chaise son chapeau et ses gants, il resta debout près de la fenêtre à tapoter sur les vitres en regardant distraitement le mouvement des voitures.

— Qu'est-ce qui te prend donc, mon pauvre vieux ? poursuivit Mérandal ; tu as une mine d'enterrement. C'est de l'avenue Marceau que tu rapportes des impressions si noires ?...

— Ça me fait de la peine de voir ces deux femmes accablées par l'adversité.

— La belle affaire, en vérité, que de perdre sa fortune ?...

— Es-tu très satisfait d'avoir perdu la tienne ?...

— Non... mais je m'y habitue tout de même assez bien... Voyons, raconte-moi un peu ton entrevue avec ces dames... Alors, Mme Burguet est tout à fait découragée ?...

— Oui, mais peut-être encore moins que sa fille, qui perd à la fois sa fortune et le... mariage qui lui tenait au cœur.

— Pauvre petite ! Je suis vraiment désolé... d'autant plus que j'ai pour elle une sincère affection... Mais nous vois-tu nous mariant tous les deux sans un sou ?... Non, ce serait de la folie... Tu lui expliqueras ça avec tous les ménagements possibles... Moi, je n'oserais pas...

— Moi non plus... parce que ta conduite est trop lâche.

— Trop lâche ! trop lâche !... c'est bientôt dit... Hé ! c'est de ta faute, après tout, si ce mariage ne peut plus avoir lieu... Si tu avais épousé Henriette lorsqu'elle te l'a offert, tu l'aurais empêchée d'être dépouillée par ces gredins... A propos, tu sais que Burguet, craignant d'être compromis dans l'affaire, a filé aussi à l'étranger. J'avoue que je n'en suis pas fâché je lui devais cinq ou six mille francs ; me voilà quitte... Pour en revenir à Mme Burguet, la cause de tous nos ennuis, c'est toi. Si tu avais épousé en temps utile, nous serions tous tranquilles maintenant.

— Je regrette, murmura Robert, de n'avoir pas épousé en temps utile : on n'épouse pas toujours quand on le voudrait. En tout cas, personne ne pourra me reprocher de n'avoir pas agi dans cette affaire avec loyauté, personne ne pourra m'accuser de m'être laissé guider par une pensée d'intérêt. Et la preuve... la preuve... c'est que je suis prêt aujourd'hui à épouser Henriette si elle y consent.

Max regarda son ami d'un air ahuri, puis il éclata de rire.

— Ah ! bien ! s'écria-t-il, voilà une autre histoire !... Mais tu es fou, mon cher, complètement fou...

— Ce que le monde appelle de la folie est souvent de la sagesse.

— Tu seras ridicule. Il n'y aura qu'une voix pour te blâmer.

— Ça, je m'en moque, riposta Vauxchamp d'un ton énergique.

XVII

La fuite du notaire et de l'agent d'affaires et la ruine de Mme Burguet qui en était la conséquence avaient soulevé à Saint-Hilaire et aux environs une grosse émotion. Mais Henriette ne reçut pas le plus petit témoignage de sympathie des femmes qui avaient montré le plus d'empressement pour elle au temps de son opulence.

Les unes, que ses succès avaient rendues férocement jalouses, se réjouirent de sa chute. Les autres se détournèrent de la brebis galeuse avec horreur. Toutes n'eurent que du mépris pour l'imprudente qui avait eu la naïveté de se laisser dépouiller.

L'émotion de cet événement était à peine calmée, quand une seconde nouvelle sensationnelle vint offrir un aliment nouveau aux commentaires malveillants de la petite ville : M. de Vauxchamp allait, dit-on, épouser Mme Burguet.

Cette fois, ce fut un déchaînement dans le clan aristocratique. Ce fut à qui dauberait sur le malheureux.

— Ce pauvre Vauxchamp a réellement perdu la tête !

— C'est très beau d'être généreux et chevaleresque, mais un pareil dévouement ne s'explique pas quand il s'exerce au profit d'une femme aussi peu recommandable !

— Ah ! c'est vraiment une honte, pour un homme intelligent, de se laisser enjôler par une vieille coquette, qui a compromis sa réputation dans vingt aventures !

— Il s'en prépare un avenir, ce pauvre garçon !...

Au milieu de ce concert d'imprécations et de critiques désobligeantes, s'adressant soit à Robert soit à Mme Burguet, la baronne de Mérandal seule sut conserver une attitude correcte, une réserve digne.

Le projet de mariage de son fils avec Marcelle fut également solutionné par la vieille dame d'une façon assez élégante : par le silence. N'osant ni l'un ni l'autre aborder cette question, ils tombèrent tacitement d'accord et prirent leurs dispositions comme si ce projet n'avait jamais existé.

Quant à Vauxchamp, s'il eût pu entendre les commérages des mauvaises langues sur son compte, il eût été bien surpris, car, alors que tout Saint-Hilaire jasait de son mariage avec Henriette, il n'en avait pas encore ouvert la bouche à la jeune femme.

Après avoir aidé celle-ci à liquider sa situation à Paris, il avait regagné tout bonnement sa propriété, pendant que les victimes de Leborgne venaient de leur côté se cacher à Maison-Rouge.

Cependant, Robert était sincère lorsqu'il avait dit à Max : « Aujourd'hui je suis prêt à épouser Henriette si elle y consent. »

Dès qu'il fut retombé dans sa solitude, cette idée ne fit que grandir dans son cœur et dans sa tête. Un beau jour, il se décida à consulter de nouveau l'abbé Desnoyers à ce sujet.

— Monsieur le curé, dit-il en arrivant, je vous annonce mon mariage.

— Avec Mme Burguet, n'est-ce pas ?

— Qu'en savez-vous ?

— Ce n'est pas difficile à deviner... Vous m'avez déjà exprimé ce désir, il y a six mois...

— Maintenant, je suis décidé... La catastrophe qui vient de frapper la pauvre femme me la rend doublement sympathique... Dans tous les cas, je ne crains plus qu'on m'accuse de faire un marché honteux.. Vous ne m'approuvez pas ?

L'abbé se recueillit une minute et répondit :

— Mon cher ami, vous vous souvenez que je vous ai jadis détourné de ce mariage. C'était — indépendamment de la question du divorce — pour des raisons que, depuis, j'ai reconnues fausses ; Mme Burguet est, en effet, meilleure que ne le prétendent les méchantes langues. Actuellement donc, je ne verrais pour vous dans cette union que des gages de paix et de bonheur, de même que j'y verrais pour Mme Burguet une réparation des injustices qu'elle a eu à subir. Mais M. Burguet vit toujours et cela m'interdit de discuter avec vous la possibilité d'épouser... *sa* femme.

— Elle est si malheureuse en ce moment !... elle aurait tant besoin de consolation...

— Ce n'est pas une excuse... La loi de l'Eglise est formelle et n'admet pas d'exception.

— Soyez indulgent, monsieur le curé !... Il y a peut-être des accommodements avec le Ciel...

— Non, non, allez-vous en, tentateur !... Vous me feriez dire des bêtises.

Et après une seconde de réflexion, l'abbé ajouta :

— Bah ! Il ne faut jamais désespérer... Il se produira peut-être d'ici peu un événement... qui arrangera tout ça pour le mieux.

Vauxchamp sortit très désappointé de son entretien avec le curé de Saint-Michel, et rentra chez lui, découragé. Mais, ne pouvant tenir en place, il partit au bout d'une demi-heure pour Maison-Rouge.

Bien qu'Henriette et Robert se vissent pour la première fois depuis leur retour de Paris et qu'ils eussent par conséquent beaucoup de choses à se dire, la conversation révéla, dès le début, un certain malaise. Enfin, Vauxchamp se résolut à aborder de front l'obstacle, et sans préambule demanda tout à coup à la jeune femme :

— Henriette, consentiriez-vous à m'épouser ?...

Elle eut un mouvement de surprise et d'angoisse, puis, lorsqu'elle se fut ressaisie, elle murmura :

— Non, ce serait pour vous un trop gros sacrifice au point de vue de l'argent, de la famille, et... de vos opinions sur le divorce. Ce sacrifice, je ne peux... je ne veux pas l'exiger de vous.

— Mais, puisque je vous aime, Henriette, balbutia-t-il, loin de m'imposer un sacrifice, c'est une faveur que je sollicite...

— Ah ! soupira-t-elle, si vous l'aviez sollicitée plus tôt, cette faveur, nous n'aurions pas sans doute à déplorer cette catastrophe...

— Vous savez bien qu'auparavant, je ne pouvais

pas... et que c'est précisément la catastrophe qui me permet de sortir de ma réserve.

— Alors, il n'y a pas lieu de la regretter...

— O bonheur !... Serait-ce possible ?... Vous acceptez donc de devenir ma femme ? Donnez-moi votre main, Henriette... Que nous scellions aujourd'hui même l'accord définitif !...

La jeune femme eut encore une minute d'hésitation. Puis, doucement, souriante et grave à la fois, elle lui abandonna sa main qu'il baisa tendrement.

— Vous êtes trop bon, reprit-elle après une minute de recueillement. Et j'ai peur, moi qui ai tant souffert jadis, d'être maintenant trop heureuse.

XVIII

A huit jours de là, l'abbé Desnoyers trouva dans son courrier la lettre suivante :

« Mon cher monsieur le curé,

« Malgré vos conseils, qui me paraissent fort justes en principe, et qui sont inspirés, en tous cas, par votre très sincère amitié pour moi, j'ai résolu de passer outre, et... d'épouser Mme Burguet. Ma décision va vous faire de la peine. Aussi, n'est-ce pas sans appréhension que je me résous à vous l'annoncer. Mais vous êtes si bon, si indulgent pour les faiblesses humaines, que vous me pardonnerez tout de même, je l'espère.

« Suis-je bien coupable ? Cela ne me semble pas. Mais si mon action constitue un grand crime, vous ne refuserez pas de m'en donner l'absolution.

« C'est un véritable ami qui vous en prie et qui vous envoie, en attendant, l'assurance de son entier dévouement.

« R. de Vauxchamp. »

L'abbé glissa la lettre dans sa poche avec un mouvement de mauvaise humeur et murmura :

— Voilà un homme qui est en train de se noyer... Mon devoir est de voler à son secours... Je ne l'empêcherai peut-être pas de couler à fond, mais j'aurai fait ce que je devais faire.

Puis, après un instant de réflexion :

— Il est amusant, vraiment, avec son absolution... Bien sûr qu'il va commettre un crime, mais tant que ce crime n'existera pas, je suis désarmé... Et je ne peux pourtant pas l'absoudre actuellement d'une intention mauvaise, dans laquelle il se propose de persévérer. Enfin, je vais toujours aller le voir, faire une dernière tentative... Après, nous verrons.

Le curé occupa sa matinée à visiter ses malades comme il en avait l'habitude, puis rentra déjeuner vers midi. Mais au moment où il se préparait à partir pour Vauxchamp, il vit arriver le baron de Mérandal.

Max n'avait pas remis les pieds chez Mme Burguet depuis qu'elle avait perdu sa fortune et... qu'il avait renoncé à épouser sa fille.

C'était plus que du sens pratique. C'était de la grossièreté.

Or, rien ne pouvait être plus désagréable au jeune baron que de passer pour un goujat. D'autre part, il craignait que Robert ne donnât suite à son projet d'épouser Henriette et ne voulait pas se brouiller avec une femme qui était susceptible de devenir celle de son meilleur ami. Il cherchait donc depuis plusieurs semaines à sortir de cette situation embarrassante par un geste qui ne fût pas tout à fait dépourvu d'élégance.

Ne trouvant aucun moyen satisfaisant, il se décida un beau jour, à recourir aux lumières de son excellent voisin, le curé de Saint-Michel.

— Ah bien ! s'écria l'abbé en l'apercevant, vous arrivez à merveille. Je me disposais à me rendre à Vauxchamp... Vous m'accompagnerez, n'est-ce pas ?

— Avec plaisir, monsieur le curé. Il y a près de quinze jours que je n'ai vu Robert. Mais permettez-moi auparavant de vous demander un conseil.

— Vous savez, mon cher ami, que si je peux vous être utile, je suis entièrement à votre disposition.

En quelques mots, Mérandal expliqua dans quelle posture délicate et ridicule il se trouvait vis-à-vis de Mme Burguet.

— Mon cher, répondit l'abbé, les procédés les plus simples et les plus loyaux m'ont toujours paru les plus avantageux. A mon avis, le meilleur moyen pour vous de sortir de cette impasse, c'est d'aller tout bonnement voir Mme Burguet, de lui exposer très franchement ce qui s'est passé et de vous excuser de votre attitude. Je suis convaincu qu'après cette explication, et quoique vous tourniez définitivement le dos à Mlle Marcelle, vous serez aussi bons amis qu'autrefois... Et j'ajoute que cette réconciliation est indispensable pour vous. attendu que Mme Burguet... épouse M. de Vauxchamp.

— Ah ! il s'est décidé ? interrogea Max.

— Voici la lettre que j'ai reçue ce matin à ce sujet, dit le curé en tirant le papier de sa poche, pous pouvez lire...

Tout en parcourant le billet, le baron murmura :

— Mon ami ne m'a pas encore prévenu.

— Cela ne saurait tarder.

— Et c'est pour essayer de le faire renoncer à son projet que vous vouliez aller voir Robert cette après-midi ?...

— Effectivement, c'est dans ce but ; je suis persuadé que cette tentative n'aura aucun succès, mais je crois devoir la faire tout de même.

— Eh bien ! partons, monsieur le curé, nous serons deux pour faire entendre raison à ce pauvre fou.

Une déception les attendait à leur arrivée à Vauxchamp : le maître de céans n'était pas chez lui. Néanmoins, la vieille Jeanne put expliquer ce qu'il était devenu.

— Monsieur doit être à Maison-Rouge, dit-elle, car un domestique de ces dames est venu le chercher tout à l'heure : c'était, paraît-il, de la part du notaire qui avait besoin de lui parler immédiatement.

— De la part du notaire !... Quel notaire ?...

— Je ne me rappelle plus déjà comment on le nomme... monsieur... monsieur Gridal, je crois... enfin celui qui remplace M. Leborgne.

— Ah ! très bien... Merci, ma bonne Jeanne !... Vous direz à monsieur que je reviendrai un de ces jours...

Et tout bas, à l'oreille de son compagnon, Max murmura :

— Qu'est-ce que ça signifie, ce conciliabule avec le notaire ?... Est-ce que ce serait déjà pour le contrat ?..

— Dame, ça m'en a tout l'air, répondit l'abbé. Mais ce n'est pas le contrat qui fait le mariage : il est encore temps d'intervenir... Si nous allions à Maison-Rouge...

— J'allais vous l'offrir.

— Vous ferez du même coup votre visite à Mme Burguet.

— Et dans des conditions moins... embarrassantes pour ma timidité.

Ils repartirent aussitôt pour Maison-Rouge, mais quand ils y furent parvenus, Me Gridal n'était plus là. Ils trouvèrent au salon Henriette et Robert seuls, en proie tous les deux à une vive émotion.

En voyant entrer le curé et le baron, Mme Burguet éprouva d'abord un certain malaise, car elle se demanda si leur visite ne cachait pas un piège et n'avait pas un but désobligeant pour elle. Mais ses appréhensions se dissipèrent rapidement. L'abbé, en effet, était trop fin politique pour démasquer tout de suite l'arrière-pensée qu'il aurait pu avoir ; et ses salutations furent, comme toujours, empreintes de la plus franche cordialité.

Max, d'autre part, uniquement préoccupé d'atténuer le côté odieux de sa conduite antérieure, n'eut pas d'autre objectif que de trouver la formule la plus élégante, la plus humble, la plus aimable, pour présenter ses excuses et rentrer en grâce.

Henriette accueillit ces excuses avec une apparente indifférence, comme si elle eût à peine remarqué l'absence du jeune homme.

— Mais, fit-elle, votre manière d'agir a été toute naturelle. Vous avez craint comme tant d'autres, de nous déranger au milieu des tribulations que nous avons traversées, il y a trois mois.

Et elle accompagna cette remarque mordante d'un sourire malicieux qui semblait dire : « Toi, mon bonhomme, je te repincerai... et d'ici peu. »

Et en effet, après quelques secondes de recueillement la jeune femme reprit :

— M. Gridal, qui nous quitte à l'instant, est venu m'apporter une nouvelle d'une importance capitale, que je crois — M. de Vauxchamp sera certainement de mon avis — que je crois, messieurs, devoir vous communiquer immédiatement.

Et sur un signe d'approbation de Robert, elle ajouta :

— Voulez-vous mettre ces messieurs au courant.

Les pièces apportées par Me Gridal traînaient encore sur la table. Vauxchamp en choisit une, expliqua que c'était une lettre adressée par un notaire de Louvain (Belgique) à son collègue de Saint-Hilaire et lut :

« Monsieur,

« Le 4 juillet dernier, M. Aristide Burguet, demeurant avenue de Malines, n° 7, à Louvain, m'appelait et me faisait, sous sa dictée, rédiger son testament. M. Burguet étant décédé le surlendemain, 6 juillet, j'ai l'honneur de vous transmettre une copie de ce testament, par lequel le défunt lègue sa fortune, soit 400.000 francs, par moitié à sa femme et à sa fille.

« Veuillez prévenir Mme Henriette Lebaire, épouse divorcée du testateur, et vous entendre avec elle, pour qu'elle puisse, tant en son nom personnel qu'au nom de sa fille mineure, entrer en possession du legs.

« Je joins à ma lettre quelques mots que M. Burguet a écrits à l'adresse de sa fille et m'a prié de lui faire tenir après sa mort.

« Agréez, Monsieur et cher collègue... etc. »

Quant à la lettre de Burguet à Marcelle, elle était ainsi conçue :

« Ma chère enfant,

« Je sens que je vais mourir et je veux t'envoyer mon adieu... Je te dois de plus une explication.

« Tu apprendras avec étonnement peut être que je laisse 400.000 francs. Si je n'avais pas fait de testament, tu aurais reçu cette somme intégralement, puisque tu es ma seule héritière. Mais ces 400.000 francs, je les ai volés à ta mère. Je crois donc juste de les partager entre vous deux. Des millions du père Gerbet, c'est probablement tout ce que gardera ta mère. Ce n'est pas beaucoup, mais c'est tout de même mieux que rien et cela augmentera un peu sa modeste aisance, qui lui semble sans doute bien maigre après les prodigalités de cet hiver.

« Laisse-moi maintenant, ma chère petite Marcelle, te demander bien humblement pardon d'avoir, par ma conduite déréglée, motivé ce divorce qui a détruit ta famille et t'a créé des difficultés que tu n'aurais pas dû connaître. Supplie ta mère de me pardonner aussi les torts que j'ai eus envers elle. Aujourd'hui, à l'approche de la mort, je sens bien que vous êtes les deux seules personnes qui me soient réellement chères. Je vous envoie à toutes les deux mon dernier adieu avec mon dernier baiser.

« Ton père,

« A. Burguet. »

Henriette essuya furtivement les larmes qui mouillaient ses yeux, puis regarda M. Desnoyers d'un air interrogateur.

— La mort d'un mari est toujours cruelle, madame, dit l'abbé, même d'un mari qui n'était pas sans reproche. Mon premier devoir est donc de vous exprimer mes très sincères condoléances. Mais je crois pouvoir ajouter que cette mort se produit bien à propos pour permettre à un honnête homme et à une honnête femme qui s'aiment, d'être heureux, complètement, sans arrière-pensée, sans regret...

— Alors, interrompit-elle, avant de connaître la mort de M. Burguet, vous considériez notre mariage comme ne remplissant pas les conditions du bonheur parfait ?

— C'était, en effet, mon opinion.

— Et vous veniez sans doute, au nom de l'amitié que vous avez pour M. Vauxchamp, mon futur mari, vous veniez sans doute nous prier d'abandonner notre projet ?...

— Je l'avoue, madame. Mais, comme vous le voyez, Dieu m'a devancé et a rendu ma démarche inutile. Il ne me reste donc plus qu'à vous offrir mes compliments, mes vœux et ma bénédiction.

— Ainsi soit-il ! conclut Mérandal en riant.

***

Deux mois plus tard, jour pour jour, les mêmes personnes étaient réunies dans le salon de Maison-Rouge.

Mme Lebaire trônait, en outre, majestueuse et triomphante, au coin du feu ; et Marcelle, en grand deuil, allait et venait, un peu inquiète, légèrement mélancolique.

La nuit était déjà close, car on approchait de la Toussaint, quand Me Gridal apparut, portant sous le bras, dans sa serviette de maroquin, le contrat de mariage de M. Robert de Vauxchamp et de Mme Henriette Lebaire.

Lorsqu'il eût donné lecture de la pièce et fait signer tout le monde, il ajouta :

— Maintenant, je réclame le privilège du notaire, formellement reconnu dans les coutumes berrichonnes : celui d'embrasser la mariée. Vous permettez, Monsieur de Vauxchamp ?...

— Je ne puis que m'incliner devant les usages.

Henriette tendit sans façon sa joue sur laquelle Me Gridal, avec un plaisir évident, mit un baiser retentissant.

— Est-ce que tous les signataires du contrat jouissent du même privilège ? demanda galamment Mérandal.

— Non, monsieur, le notaire seul ! fit la jeune femme.

Puis, comme une conversation générale s'engageait entre tous les autres, elle entraîna le baron à l'écart et ajouta tout bas à son oreille :

— Qu'avez-vous donc, vous, depuis deux heures, à vous montrer tour à tour galant et taquin, exubérant et mélancolique, insouciant et préoccupé ?...

— Moi !... Je n'ai rien, je suis comme d'habitude...

— Pas du tout... Donnez-moi un peu votre main...

— Vous voudriez peut-être tirer mon horoscope ?... C'est inutile, je sais d'avance ce que vous allez voir dans mon avenir.

— Ah !... Et qu'est-ce donc ?

— Vous allez me prédire que je vous demanderai d'ici peu la main de Mlle Marcelle.

— Ce ne serait pas la première fois, dit malicieusement Henriette. Vous pouvez toujours essayer... Vous serez peut-être plus heureux.

— Non, madame, je n'essaierai pas, poursuivit Max après un court silence.

— Pourquoi donc ?

— Parce qu'au moment de votre ruine, je me suis conduit comme le dernier des lâches et que je suis indigne maintenant d'épouser votre fille.

La jeune femme réfléchit une minute.

— Ecoutez, reprit-elle, voulez-vous me permettre de vous parler en toute franchise ?...

— Je vous en prie.

— Eh bien ! le scrupule que vous venez d'exprimer, c'est de la vanité déguisée... Vous comparez votre manière d'agir à celle de votre ami de Vauxchamp, la comparaison n'est pas flatteuse pour vous et cela vous humilie. Mais, mon chér monsieur, de ce que vous ne vous êtes pas comporté comme un héros, il n'en résulte pas que vous soyez incapable d'être un bon mari. Votre reculade, à l'époque de notre ruine, s'expliquait, d'ailleurs, jusqu'à un certain point ; ma fille n'avait plus rien, vous, vous ne possédez pas grand'chose, et ce n'est pas avec des sentiments qu'on fait marcher un ménage. Aujourd'hui, les conditions sont toutes différentes...

— Je le sais, balbutia-t-il, et cela seul m'arrêterait...

— Non, cela ne doit pas vous arrêter, car je suis sûre que maintenant vous aimez Marcelle assez sincèrement pour l'épouser même sans dot... Allons, avouez-le.

— Il est impossible de lutter avec vous, madame... J'avoue et je me rends. Mais nous n'avons pas encore parlé de l'opinion de Mlle Marcelle, il faudrait peut-être s'en préoccuper.

— Marcelle !... Je suis convaincue qu'elle est toujours toute disposée à devenir baronne de Mérandal... Mais, c'est à vous de le lui demander... Tenez, la voici qui rentre... Je vous laisse.

Un quart d'heure après, le domestique vint annoncer que madame était servie.

Voyant que l'entretien de Max et de Marcelle révélait une entente parfaite, Henriette crut pouvoir dire :

— Jeunes gens, à vous l'honneur ! Donnez-vous la main et passez devant. Ce sera le dîner de vos fiançailles... Robert, donnez le bras à ma mère. Moi je fermerai la marche avec M. Gridal et M. Desnoyers.

— Alors, c'est un nouveau contrat en perspective dit le notaire.

— Et pour moi, ajouta l'abbé, deux bénédictions nuptiales au lieu d'une.

Lorsque chacun eut pris place, Henriette, se penchant vers son voisin de droite, murmura :

— Eh bien ! Monsieur le curé, que pensez-vous de « la maison du diable » ?

— *Vade retro !*... fit l'abbé en riant. J'en pense, Madame, le plus grand bien et j'ai toujours été persuadé, d'ailleurs, que vous sauriez lui assurer une fin fort honorable. Vous voyez que je ne me suis pas trompé.

Paul DE GARROS.

FIN

Paraîtra prochainement :

La Demoiselle au Loup noir

PAR

Marius BOISSON

Imp. de la Bourse de Commerce, 35, rue J.-J.-Rousseau, Paris.

www.ingramcontent.com/pod-product-compliance
Lightning Source LLC
LaVergne TN
LVHW012016220826
846092LV00001B/367
* 9 7 8 2 3 2 9 7 5 6 8 8 2 *